चौधराइन की चतुराई

(कहानी-संग्रह)

चौधराइन की चतुराई

विजयदान देथा

वाणी प्रकाशन

वाणी प्रकाशन

4695, 21-ए, दरियागंज, नयी दिल्ली 110 002

फ़ोन : +91 11 23273167 फ़ैक्स : +91 11 23275710

शाखाएँ

अशोक राजपथ, पटना 800 004, बिहार

कॉफ़ी हाउस कैम्पस, महात्मा गांधी मार्ग, इलाहाबाद 211 001, उत्तर प्रदेश

महात्मा गांधी अन्तरराष्ट्रीय हिन्दी विश्वविद्यालय, वर्धा 442 001, महाराष्ट्र

www.vaniprakashan.in
marketing@vaniprakashan.in
sales@vaniprakashan.in

CHAUDHRAYIEN KI CHATURAI
by Vijaydaan Detha

ISBN : 978-93-5000-180-6
Collection of Short Stories

संस्करण 2007, 2010
आवृत्ति 2018

मूल्य : ₹ 195

एम.एस. प्रिंटर्स, दिल्ली-110 095 में मुद्रित

वाणी प्रकाशन का लोगो मक़बूल फ़िदा हुसेन की कूची से

अनुक्रम

वैतरणी

राजा माने सो रानी। बादल बरसे सो पानी। तो भगवान भले दिन दे कि एक था जाट। गाँव से थोड़ी दूर वह एक ढाणी में रहता था। पीढ़ियों से खेती-बाड़ी का धन्धा। पर इस बेभरोसे के धन्धे में कोई खास बरकत नहीं हुई। जैसे-तैसे गाड़ी घिसट रही थी। पेट में गाँठें और गले में फंदा। खेत-खलिहान के झंझट से मौत के अलावा कभी मुक्ति नहीं मिलती थी। इसलिए रामनाम और भजनभाव में मन लगाना पड़ता था। वीणा के तारों की झनकार से हृदय में अदृश्य सुख की हिलोरें उठती थीं। चौधराइन के गुजरने के बाद चौधरी का मन घर-गृहस्थी से बिलकुल उचट गया। दूसरी औरत बिठाने के लिए नाते-रिश्तेदारों ने बहुत कहा, पर चौधरी नहीं माना। हर बार यही जवाब देता कि एक बार पछताया वही बहुत है। पहले तो अजाने खाई में गिरा। अब जानते-बूझते गलती नहीं करेगा। अपने सुख के लिए चार नन्हे बच्चों को सौतेली माँ के हवाले कैसे करे! सुख का तो फकत नाम ही सुना है। दुःख और अभाव मिलकर भुगतें अब तो यही सबसे बड़ा सुख है। वीणा को जीवन-साथी बनाया है सो मरते दम तक साथ निभाएगा।

नाते-रिश्तेदार मसखरी करते कि अभी तो सर में एक भी सफेद बाल नहीं आया।

चौधरी हाथ जोड़कर कहता, “काले-सफेद का फर्क तुम्हें दिखता होगा मुझे नहीं।”

तब कोई हमउम्र चुटकी लेता, “यों आँखें मूँद कर अँधेरा करने से कैसे चलेगा! अगर ढलती उम्र में मुँह काला हो गया तो?”

चौधरी मुस्कराकर जवाब देता, “डरो मत, कालिख पोंछने के लिए तुम्हें तकलीफ नहीं दूँगा। वीणा ने इतने बरस मेरी लाज रखी है वही आगे भी रखेगी।”

और सचमुच चौधरी वीणा के सहारे दुर्गम घाटी पार कर गया। पर चाहे जितना संयम रखा हो, काले बालों को बखत के हाथों रंग बदलना ही पड़ा। चारों बाल-गोपाल बखत और हवा के थपेड़े खा-खाकर बड़े हो गए। जैसे खेजड़ी, फोग और नीम बड़े होते हैं वैसे आप ही बड़े हुए। बखतसर चारों का ब्याह हुआ। चौधरी

बाबा के घर में चार बहुएँ। पाँच पोते-पोतियाँ। धन्धा वही कदीमी। खेत-झंखाड़ से लठम-लठा। और रात को ब्यालू के बाद वीणा पर भजनभाव। बड़े तीन बेटे हूबहू बाप पर गए, पर सबसे छोटे बेटे का रंग-ढंग कुछ अलग था। भगवान जाने क्यों भजनभाव में उसका मन नहीं रमता था! दिन के उजाले में काम और रात के अँधेरे में नींद। और नींद में हमेशा एक सरीखे सपने—बाड़े में सफेद गाय। सफेद बछिया। चारों थनों से झरती सफेद धारें। हाण्डियों में सफेद दही। झरड़-झरड़ बिलोना। घी। छाछ-राब। नाँद पर रँभाती गाय। कच्ची ज्वार के चारे के कूतर। सुथराई से जमाए उपलों का पिंढ़ारा। कभी-कभी सपने के बीच में नींद उचट जाती। फिर जागती आँखों वहीं धुँधला-धुँधला सपना। किसे अपने मन की उलझन बताए? एक दिन हिम्मत करके घरवाली से सपने का अर्थ पूछा। गँवार बहू सपने का अर्थ क्या जाने! साफ और सीधी बात कही कि वह गाय खरीदना चाहे तो वह पीहर से लाई अपनी हँसुली देने को तैयार है। गाय न खरीदकर वह सपने का मतलब ही जानना चाहे तो पण्डित से पूछे।

खुशी से बौराया पति उसके गाल सहलाते हुए बोला, "अब मुझे मतलब पूछकर क्या करना है! तू तो तू ही है। तेरे जैसी घरवाली बड़े भाग से मिलती है।"

उसके बाद घर में किसी से कहे-सुने बिना ही छोटे बेटे ने आसपास के गाँवों और ढाणियों में ढूँढ़-ढाँढ़कर हूबहू सपने सरीखी सफेद झक गाय खरीदी। गीतों से बधाकर घर में लिया। हाथ के गुलाबी छापे लगाए। नाम रखा—बगुली। बगुलों को भी मात करे जैसा सफेद रंग। रेशम जैसी कोमल रोमावली। छोटा मुँह। कुण्डलिया सींग। छोटे कान। छोटी दन्तावली। सुहानी गलकंबल। चौड़ी माकड़ी। छोटी तार। पतली लम्बी पूँछ। एक सरीखे गुलाबी थन।

बाड़े में खूँटे पर गाय क्या बँधी जैसे मनुष्य योनि के सारे सुख और सारी आशाएँ रँभाने लगीं। घर में नई चाल-चोल हो गई। कोई गलकंबल सहलाता। कोई थुई और पुट्ठों पर हाथ फेरता। कोई पूँछ के बाल सहलाता। छोटे बेटा अपने प्राणों से बढ़कर बगुली की सार-सँभाल करता था। खेजड़ी और बबूल की फलियों और बेर-खेजड़ी के पान का ढेर लगा दिया। खेतों में साथ ले जाता। अपने हाथों से टोकरियाँ गूँथीं। खुली आँखों का सपना साथ हो तो कोताही कैसी!

एक बाँभन चौधरी बाबा का गुरु था। उसी की संगत से उसे भजनभाव और रामनाम की सनक सवार हुई थी। चार-पाँच दिन में ढाणी का चक्कर लगा लेता था। बगुली को देखा तो उसकी छवि हृदय में उतर गई। बिना कहे सगुनी गाय के लिए पंचांग देखा। घर में उसके आगमन का बखान किया। बाबा की मुक्ति बगुली के प्रताप से ही होगी। आखिर रामनाम का फल मिलकर ही रहता है।

पहले पण्डित चार-पाँच दिन में आता था। अब एक-दो दिन में आने लगा। अपने लंगोटिया बाबा से गपशप करता। बाबा भी पण्डित का मन रखता था। उसी ने उसे परलोक का सुरंगा बगीचा दिखाया था। नहीं तो दुःख भरा जीवन काटना दूभर हो जाता।

एक दिन बगुली के बदन पर ठौर-ठौर हाथ के काले छापे देखे तो छोटे बेटे ने अपनी स्त्री से इसका कारण पूछा। उसने पति से कुछ नहीं छुपाया। साफ-साफ बताया कि पण्डित बार-बार बगुली को ललचाई नजर से देखता है। नजर लगने से बचाने के लिए नहीं चाहते हुए भी काले छापे लगाने पड़े।

सुनकर एक बार तो उसके हाथों के तोते उड़ गए। पर अगले ही क्षण आपा सँभाल लिया। बोला, "बगुली को नजर लगाए तो मुझे जानता ही है! बाँभनिए की आँखें नहीं फोड़ दूँ!"

घरवाली ध्यान से इधर-उधर देखकर बोली, "धीरे बोलो! बाबा ने सुन लिया तो गुस्सा होंगे। लंगोटिए गुरु के लिए कुछ कहना उन्हें बिलकुल नहीं सुहाता।"

पति और भड़क गया, "गुरु है तो अपनी ठौर है। मैं क्या डरता हूँ!"

घरवाली मुस्कराते हुए बोली, "डरते नहीं सो तो ठीक है, पर बगुली आज-कल में ब्याने वाली है। सुवावड़ का इन्तजाम करो!"

गहरा निःश्वास छोड़ते हुए पति ने कहा, "साहूकार के सिवा कोई चारा नहीं। बखत-बेबखत ये साहूकार ही काम आते हैं।"

घरवाली ने टोका, "साहूकार की पेढ़ी पर न चढ़ो तो अच्छा है। मेरी ये टोटियाँ और बोर..."

पति बीच ही में बोला, "ना, तेरे सुहाग की निशानी मरकर भी गिरवी नहीं रखूँगा।"

पति के हठ के आगे पत्नी को झुकना पड़ा। और रास्ता ही क्या था! सो पति को साहूकार की पेढ़ी पर जाने देने के लिए राजी हो गई।

पर उसके राजी होने से क्या होता है! हकले साहूकार ने साफ मना कर दिया कि गाय को देखे बिना उधार सुवावड़ नहीं देगा। छोटे बेटे ने बगुली के बहुत बखान किए, पर साहूकार को तो अपने कपड़ों पर भी भरोसा नहीं था। पर बगुली को देखते ही वह तुरन्त मान गया। जो कहे सुवावड़ तैयार—बाजरा, गुड़, नारियल, और मेथी। बिनौले ले तब भी उसकी ना नहीं।

सेठ की बदनीयती को ताड़कर बहू के आग-आग लग गई। जोर से बोली, "बगुली को देखकर तुम्हारी ना क्यों होगी, मेरी ना है। साहूकार की बही में फँसने से तो जिन्दा जलना अच्छा है। तकलीफ के लिए माफी चाहती हूँ, हमें सुवावड़ नहीं चाहिए।"

आगे विवाद करने के लिए पति की हिम्मत नहीं हुई। चुपचाप टोटियाँ और

बोर लेकर चला गया।

लगातार तीन रात जागने पर भी पति-पत्नी को रत्ती भर भी जागरण महसूस नहीं हुआ। हूबहू अपनी शक्ल-सूरत की बगुली ने बछिया जनी। दूज का चाँद ही बढ़ते-बढ़ते पूनम का चाँद बनता है। घरवालों की खुशी का पार न था। बगुली के दूध की धार के बहाने जैसे सब के हृदय में हर्ष का झरना बहने लगा।

दूध के लोभ में पण्डित सुबह-साँझ ढाणी का चक्कर लगाने लगा। बहू के कहने से आते ही बगुली को नजर लगने से बचाने के लिए तीन बार थूकता था। बगुली जैसे कामधेनु का ही अवतार। दोनों बखत दस-दस सेर दूध देती थी। चक्की सरीखा गाढ़ा दही। हल्दी जैसा पीला घी। छाछ-राब की इफरात। छोटे बेटे का सपना तो खूब ही फला!

सफेद दाढ़ी को घड़ी-घड़ी सुलझाते हुए बाबा मन-ही-मन सोचा करता कि ऐसे आनन्द के बिना जीना व्यर्थ है। सारी उम्र कितना दुःख भुगता! सुख की इस अन्तिम झलक से पिछला दुःख उलटा अधिक उजागर होता है। अब अगला जन्म सुधारने से पिछला घाटा पूरा हो तो हो। भजनभाव और रामनाम के अलावा कोई सहारा नहीं। बचपन का मित्र बाँभन बाबा को धर्म का झीना मर्म समझाता था। बगुली के दूध-दही के लोभ में कभी नागा नहीं करता था।

बूढ़े बाँभन की आँतें आसीस देंगी यह सोचकर घर में बाँभन के लिए किसी ने एतराज नहीं किया। बिना माँगे ही बगुली के दूध में उसका हिस्सा हो गया।

सुख से दिन कट रहे थे। संजोग की बात कि एक दिन बाबा बीमार पड़ गया। भरपूर उम्र पाई। मरना तो था ही। बाबा का प्राण आँखों में अटका हुआ। जीभ मोटी हो गई। बूढ़े बाँभन ने मुक्ति के लिए पंचामृत पिलाया। अब तो घड़ी-पलक की देर। बाबा के कहने पर सब ने श्रद्धा अनुसार दान-पुण्य उसके कानों में डाला। किसी ने ग्यारस बोली तो किसी ने अमावस। छोटे बेटे ने पाँच हाण्डी दूध-दही बोला। किसी ने धड़ी गुड़ तो किसी ने मन बाजरा बोला। तब भी बाबा की साँस वहीं अटकी हुई। आँखें डबडबा गईं। इतने बरस बचपन के मित्र से धर्म की झीनी बातें सुनी हुई थीं। अट्ठासी योजन चौड़ी वैतरणी पार होना दूभर है। फिर उसकी मुक्ति कैसे होगी? अगला जन्म भी बिगड़ा इसमें शक नहीं। भरे गले से गिड़गिड़ाया, "वैतरणी आड़े आ रही है। इसे पार करने की जुगत बता! नहीं तो मेरी गति नहीं होगी।"

बूढ़े बाँभन के रहते मित्र की गति न हो यह कहीं हो सकता है भला! जोर से बोला, "बगुली की पूँछ पकड़ने से चुटकियों में वैतरणी पार हो जाएगी। बगुली का दान किए बिना बाबा की मुक्ति नहीं होगी।"

छोटे बेटे के माथे में जैसे सुरंग छूटी। घबराकर बोला, "मैं लम्बी पूँछ की कोई बूढ़ी-ठाड़ी गाय दान कर दूँगा।"

बूढ़ा बाँभन सर धुनते हुए हौले-से बोला, "वैतरणी की लहरों में ऐसी-वैसी गाय नहीं टिक सकती। बगुली का गऊदान करने पर ही बाबा की मुक्ति होगी।"

बाबा की आँखों से झरझर आँसू बहने लगे। छोटे बेटे की ओर हाथ जोड़कर बोला, "मैं वैतरणी में डूब रहा हूँ। ठौर-ठौर मगरमच्छ काट रहे हैं। अपने बूढ़े बाप पर कुछ तो दया कर!"

ऐसी याचना के उपरांत सोचना कैसा! बगुली के दान का बोल कान में पड़ते ही बाबा की मुक्ति हो गई।

रात पर रात ऐसे आती है। दोहरे आघात से घर में त्राहि-त्राहि मच गई। बाबा से भी बगुली का दुःख अधिक था। सूना बाड़ा। सूनी नाँद। सूनी गोवणियाँ। सूनी हाण्डियाँ। और सूना बिलोवना। खुली आँखों यों सपने के भस्म होने का दुःख बहुत भयंकर होता है। न दिन को चैन और न रात को नींद। बच्चे हर घड़ी बगुली के लिए मन-ही-मन रोते थे। न पानी का होश था न रोटी का। सूना खूँटा जैसे छोटे बेटे की छाती में रुप गया हो। घरवाली सुबकती हुई उसके पास आई। कहने लगी, "बनिए की छुरी से तो बगुली बच गई, पर बाँभन बगुली को डंके की चोट पर डकार गया।"

"डकार गया? डकार गया कैसे? बगुली तो वैतरणी के उस पार गई। नहीं तो बाबा वैतरणी पार कैसे करता!"

घरवाली ने एक जलता हुआ निःश्वास छोड़ा। कहा, "ये तो बाँभनों की बातों की वैतरणियाँ हैं। बनिए की बहियाँ भी उनका मुकाबला नहीं कर सकतीं। बगुली तो पण्डितजी के बाड़े में बँधी है। मैं रात को ही उसका लाड करके आई।"

फिर तो छोटे बेटे से एक पल भी रुका नहीं गया। धोती के पाँयचे ऊपर खोंसकर दौड़ा सो बाँभन के घर जाकर ही दम लिया। पत्नी ने सच कहा था। 'बगुली-बगुली' कहते ही वह जोर से रँभाई। रस्सी तुड़वाकर स्वामी की ओर दौड़ी। उसने एक बार फिर खुली आँखों अपने सपने को गले लगाया।

घबराए हुए पण्डित ने रास्ता रोका तो उसे धक्का देकर गिरा दिया। बछिया और बगुली को हाँकते हुए बोला, "वैतरणी के पार गया बाबा वापस तो आने से रहा! अब हमें दुनिया की वैतरणी पार करनी है। बगुली के दूध के बिना वह पार नहीं होगी। खबरदार, मेरे घर की ओर मुँह भी किया तो सीधा हरिद्वार पहुँचा दूँगा।"

खटकरम

हिन्दू धर्म की महिमा न्यारी। मरे मानुस का खर्चा भारी। धर्म-कर्म की बातें झीनी। जीवित काया माटी से हीनी। मृत्यु उपरांत अनगिनत मोल। ढोल के भीतर पोलम-पोल। सुनो सुन पड़ता डंके की चोट। धर्म की पेढ़ी में पूरी खोट। तो भगवान भले दिन दे कि एक था ठाकुर। जागीर तो ठीक-ठाक ही थी। पर ठकुराई बड़ी थी। पुरखों की संचित पूँजी। अकूत गहने। चाँदी के थाल। चाँदी के चमड़पोस हुक्के। अफीम गलाने के लिए चाँदी की गलनी, चाँदी का टेर्या और चाँदी का गट्टा। चाँदी के पात की चार-पाँच चिलमें। सारे ठाट-बाट के बीच कमी बस यही थी कि ठकुरानी की गोद हरी नहीं हुई। तब गद्दी सँभालने के लिए भाइयों के एक लायक कुँअर को गोद लिया। ठाकुर की खुशी के लिए ठकुरानी ने जैसे-तैसे अपने मन को समझाया। कुँअर भी माँ-बाप का भरसक मान रखता था। फकत मान-सम्मान से ही ऐसी संचित जागीर हाथ लगेगी।

आस का अमर सुहाग। ठकुरानी के कहे-कहे ठाकुर ने कुँअर का पच्चीस बरस का हो जाने पर भी ब्याह नहीं किया। माँ दुर्गा की दया हो तो अब भी गोद भर सकती है। पर आस फली नहीं। आखिर मोतबरों के कहने से ठाकुर को कुँअर के ब्याह के लिए बेमन से हामी भरनी पड़ी। गाँव-चौधरी का बेटा कुँअर का घनिष्ठ मित्र था। दोनों में गाढ़ी छनती थी। कुँअर के ब्याह के लिए उसी ने सबसे ज्यादा जल्दी मचाई थी। उसके बिना तो बारात बेजान थी। उछाह से दो बार भोज दिया। न बारात की रवानगी के बखत निछरावल में कोई कमी रखी और न बहूभोज में। ठाकुर-ठकुरानी मन-ही-मन खुश हुए कि जितना खर्च बचा उतना ही अच्छा। कुँअर ऐसा मित्र पाकर फूला नहीं समाता था।

पर ठिकाने का व्यास सबका गुरु था। उसके सिखाए-सिखाए ही ठकुरानी ने कुँअर के ब्याह में इतनी देर की थी। ठकुरानी व्यास को बहुत मानती थी। टोने-टोटके, जप-जाप, हवन-पूजा और ग्रहदशा के बहाने वह बखूबी अपना काम निकाल लेता था। व्यास को धर्म-कर्म के बजाय अपने कौशल पर ज्यादा भरोसा था। कंजूस ठाकुर का भी व्यास के आगे बस नहीं चलता था। बाँभन-भोज में

देखते-देखते आधी दक्षिणा हड़प गया।

कुँअरानी का आगमन बहुत शुभ रहा। मनचाही बरसात हुई। भरपूर फसल। ठिकाने के तमाम कोठार-गोदाम अनाज से भर गए। बागर में चारे के ढेर लग गए। पर बड़ी अजीब बात कि जागीर के फलने-फूलने के साथ-साथ ठाकुर की कंजूसी भी दिनों-दिन बढ़ती गई। यह व्यास के लिए जरूर चिन्ता की बात थी। शास्त्रों का हवाला देकर वह रोज ठाकुर को समझाता कि फकत दान ही साथ चलता है। पुण्य की जड़ पाताल से भी गहरी होती है। धर्म की बेल सदा हरी। धर्मध्वजा बिना हवा के भी फहराती है। आपात्‌घड़ी में पुण्य ही काम आता है। पर चिकने घड़े पर बूँद ठहरती ही न थी। ठकुरानी तो जब-तब व्यास के झाँसे में आ जाती थी, पर ठाकुर से छुपाकर अधिक दान-धर्म सम्भव नहीं था। सात बेशी साठ बरस की उम्र में भी ठाकुर की चौकस नजर में कोई कमी नहीं थी।

कुँअर और चौधरी को व्यास फूटी आँख नहीं सुहाता था। पर ठकुरानी की मेहर के आगे वे विवश थे। ठकुरानी बिलकुल भोली थी। उसका ज्यादा बखत धर्म-कर्म और पूजापाठ में ही बीतता था। अगले जन्म में गोद सूनी न रहे इसके लिए चुपके-चुपके व्यास का खड्डा भरती थी।

ठाकुर हजारों बरस जीए इसके लिए व्यास रोज बासी मुँह आशीर्वाद देता था। जप-जाप करता था। पर मौत न तो आशीर्वाद से विचलित होती है और न जप-जाप से। उसे तो जब आना होता है आकर ही रहती है। न पहले चेतावनी देती है न संकेत। और न बदनामी का सेहरा अपने सर लेती है। उसे तो आने के लिए कोई बहाना चाहिए। खरबूजों में ठाकुर की जान बसती थी। नाम लेते ही मुँह में पानी भर आता था। एक बार खाने लगा सो सात-आठ खरबूजे खा गया। दुपहरी को जी मितलाने लगा। इधर दासी ने परोसा हुआ थाल चौकी पर रखा और उधर ठाकुर को उलटी हुई। फिर तो उलटी-पर-उलटी। घबराई हुई ठकुरानी आई तब तक ठाकुर पूरा पस्त हो गया। न उठा जाए न बोला जाए। पड़ा हुआ उलटियों पर उलटियाँ करता रहा। पेट के पानी का अन्त ही नहीं! साँस लेना दूभर हो गया। नाड़ी वेद ने नाड़ी देखी तो नाड़ी टूटती हुई लगी। पलकें उघाड़कर देखा तो पुतलियाँ फिरी हुईं।

ठकुरानी ने व्यास के चरण छूकर कहा, "पण्डितजी, अब आपका ही आसरा है। एक बार इन्हें मुँह बुलवाओ! कोई जुगत करो! जप-जाप करो!"

पण्डित दूसरे ही विचारों में खोया हुआ था। अचकचाकर बोला, "टूटी की बूटी भगवान के पास भी नहीं। मुझे रात को सपना आया कि हजूर को देवलोक में इससे चौगुनी जागीर मिली है। संकोच से मैंने सबेरे कहा नहीं। अब उस ठिकाने का आसन सँभालना ही होगा।"

चौगुने ठिकाने की बात सुनकर ठकुरानी एक पल के लिए अपने सुहाग को

भूल गई। उछाह से पूछा, "चौगुनी जागीर?"

पण्डित ने हाथ जोड़कर कहा, "नहीं तो क्या मैं झूठ बोल रहा हूँ!"

पति के सौभाग्य की खुशी से छलकते हुए ठकुरानी ने ठाकुर की ओर देखा। ठाकुर ने बड़ी मुश्किल से आधी पलकें उघाड़ीं मानो मनों बोझ आ पड़ा हो। बोलने के लिए कोशिश तो बहुत की, पर गले से एक आखर भी नहीं निकला। पण्डित की ओर देखते हुए बाएँ हाथ की अँगुली चार-पाँच बार हिलाई। चतुर पण्डित बिना कहे ही सब समझ गया। उस बखत मूँजी ठाकुर की आँखों की रंगत बिलकुल स्पष्ट थी। पर भोली ठकुरानी के कुछ पल्ले नहीं पड़ा। और न पास खड़े कुँअर, चौधरी और दूसरे लोग ही ठाकुर के मन की बात समझ सके। अचीती आफत से सबके होशोहवास गुम हो गए थे। पर पूजापाठ के नितनेमी पंडित को आगे-पीछे का सब ध्यान था। डबडबायी आँखों से ठकुरानी की ओर देखते हुए बोला, "अन्नदाता खुद यहाँ मृत्युलोक में अब एक पल भी रुकना नहीं चाहते। देवलोक की अखण्ड जागीर की चाह किसे नहीं होगी भला! अन्नदाता बरजते नहीं तो मैं जरूर कोई उपाय करता। अब तो जो दान-पुण्य करें वह अपना है।"

ठाकुर ने एक बार फिर अँगुली हिलाने की चेष्टा की, पर अकारथ हाथ नीचे गिर गया। मुँह खुला-का-खुला रह गया। आँखें पथरा गईं। हंस पिंजरा छोड़कर उड़ गया।

पण्डित ने जी कड़ा करके एक बार फिर निवेदन किया कि पुण्य बोलने से अन्नदाता देवलोक की बड़ी जागीर में इसी तरह राज करेंगे।

फिर ठकुरानी क्यों कोताही करती! पाँच गाएँ, पचास बीघे का कुआँ और पति के पहने हुए गहनों का दान बोला। सोने के कड़े, साँकलियों और गले के डोरे के लिए कुँअर और चौधरी को दुःख तो बहुत हुआ पर मन मसोसकर रह गए। लोकरीत को निभाना बहुत दूभर होता है। लोग क्या सोचेंगे कि अपने तुच्छ स्वार्थ के लिए पिता की मुक्ति में रोड़ा अटकाया। इस वेला माँ को टोकने से बड़ा अधर्म और क्या होगा!

ठकुरानी के मुँह से दान का बोल सुनते ही पण्डित बुक्का फाड़कर विलाप करने लगा। फिर दूसरे क्यों पीछे रहते! गढ़ में कोहराम मच गया।

रोने और छाती-माथा कूटने के साथ-साथ पण्डित दान का महातम भी गाता जाता था कि दिया सो दान, भजा सो राम। गुस्से को पीकर कुँअर और चौधरी को भी दान बोलना पड़ा। बाकी लोगों ने भी अपनी-अपनी सरधा अनुसार दान बोला। ठाकुर ने जीते-जी जितना निहाल नहीं किया उसके हजार गुना ज्यादा एक घड़ी में हथिया लिया। मौत के तो ठाट ही न्यारे।

पण्डित के सुरसुरी छोड़ने से ठकुरानी ने बैकुण्ठी* का हठ किया तो ठाकुर

* शव को पालकी में बिठाकर निकाले जाने वाली शोभायात्रा।

की हैसियत माफिक ठाट से बैकुण्ठी निकली। निछरावलों के लिए बस्ती के याचकों और कमीन-कारुओं ने बहुत एहसान माना। हिस्से अनुसार बाँटकर खाए बिना पण्डित को अकेले कौन हड़पने देता!

बैकुण्ठी के कायदे से चन्दन की लकड़ियों और घी-नारियल से ठाकुर का दाह-संस्कार हुआ, तब तक पण्डित के आँसू नहीं सूखे। लोक-दिखावे के लिए हँसना मुश्किल है, पर रोना आसान है। झूठ-मूठ के रोने से बड़ा कोई हुनर नहीं। पण्डित की देखादेख कुँअर और चौधरी को भी लोकरीत की मर्यादा के लिए जबरन रोना पड़ा। लोग क्या सोचेंगे और क्या कहेंगे इसका डर जब्बर था। दोनों मित्र पण्डित के करतब देखकर भीतर-ही-भीतर खौल रहे थे, पर उस बखत होठ सीने में ही कुशल समझी।

धू-धू जलती चिता की लपटों को निरखते हुए पण्डित सोचने लगा कि समय आने पर ये लपटें भी बुझेंगी। अंगारे भी कुम्हलाएँगे। ठकुरानी के सोग की जलन भी ठण्डी होगी। समय से बड़ा कोई वैद्य नहीं। समय से बड़ी कोई दवा नहीं। समय से बड़ी कोई सांत्वना नहीं। सो ढील छोड़ना ठीक नहीं। महीने के 'घड़े' तक जितना माल-मत्ता हथिया सके हथिया लेना चाहिए। फिर तो गढ़ के आँगन को देखने के ही लाले पड़ जाएँगे। कुँअर और चौधरी की अधम और कसैली नजर बाज नहीं आएगी। दुनिया में दुर्जनों का अकाल थोड़े ही है! फकत भली और दयावान ठकुरानी का आसरा है। भगवान इसे लम्बी उम्र दे। छोटे दिल का जजमान किस काम का! जजमान तो दातार ही भला! चिता की लपटें घी होमने से धू-धू लपलपा रही थीं। नारियल के जलने से चरड़-चरड़ की आवाज हो रही थी। दाह-संस्कार में आए लोग मुँह लटकाए हुए बैठे थे।

गमछे से घड़ी-घड़ी आँखें पोंछते हुए कुँअर चिता में घी-नारियल गेरता जा रहा था और सोचता जा रहा था कि इतने बरस तो गोद का नाम ही था। कोई सुख देखा नहीं। दाल-रोटी और कपड़ों की कमी तो सगे माँ-बाप के यहाँ भी नहीं थी। संचित जागीर की आस बड़ी थी। कंजूस ठाकुर की चिता की लपटें देखकर कुँअर के हृदय में शीतलता व्याप गई। अब आएगा जीने का मजा! ठाकुर ने सारी उम्र कंजूसी की, पर एक कौड़ी भी साथ नहीं चली। फिर वह मौज उड़ाने में पीछे क्यों रहे! माँ के मन माफिक चले बिना मनचाही नहीं होगी। पर दुष्ट पण्डित दान-दक्षिणा के बहाने काफी-कुछ हड़प जाएगा। इससे कैसे बचे? वह टोका-टोकी करे तो लोग निन्दा करेंगे। चौधरी से सलाह मशविरा करने में कदाच कोई रास्ता निकले।

कामदार और बाकी अमले को भी ठाकुर के मरने का दुःख कम नहीं था। गमछे से बार-बार आँसू पोंछने से आँखों के आसपास की चमड़ी लाल हो गई थी। आँसू पोंछते जाते थे और सोचते जाते थे कि देखें, नए ठाकुर का पोत कैसा कर

उघड़ता है! खास दातार तो दिखते नहीं। चौधरी की संगत से ठौर-ठौर अड़चनें आएँगी। इसका साथ छुड़ाए बिना किसी की दाल नहीं गलेगी।

चिता हवा के जोर से आप ही धू-धू जल रही थी। नारियल और मुरदे की माटी चरड़-चरड़ कर रही थी। चन्दन और घी जलने की सौरभ श्मशान में दूर-दूर तक फैल गई थी।

दाह-संस्कार से निपटकर सब वापस रवाना हुए। कुँअर और चौधरी जान-बूझकर काफी पीछे रह गए। चारों ओर देखभाल कर कुँअर ने धीमे-से कहा, "इस बाँभन के बच्चे का कुछ इलाज करना होगा। नहीं तो काफी पूँजी डकार जाएगा। धरम-करम की अमरबेल का ताँता अब तोड़ना ही होगा।"

चौधरी ने कहा, "इतनी देर से मैं भी इसी उधेड़बुन में था। ठाकुर तो बेचारा काफी धन जोड़कर अपनी राह लगा, पर भोली ठकुरानी के आगे बस नहीं चलता। बैकुण्ठी का गहना और निछरावल पानी में गई। ससुरे बाँभन ने जब्बर लूट मचाई! हम तो पूरे बरस माटी से कुश्ती लड़ते हैं तब कहीं जैसे-तैसे पेट भरता है। पर करें भी तो क्या? जल्दी का काम शैतान का। आप तसल्ली रखें, मैं कोई-न-कोई रास्ता निकालूँगा। धरम-करम की जड़ बहुत गहरी होती है। मुश्किल से खुदेगी।"

कुँअर गहरा निःश्वास छोड़कर बोला, "अब तेरा ही आसरा है।"

चौधरी मुस्कराया, "धीरज का फल मीठा होता है। मरे हुए ढोर-डंगर में सबका हिस्सा होता है। चील-कंवली का। गिद्ध-कव्वे का। सियार-लकड़बग्घे का। जिस का जितना बस चलता है, नोचने से बाज नहीं आता। बाँभन-बाँभन के हिसाब से नोचेगा। हम अपना उपाय करेंगे। पर आप सपने में भी माँ जी को टोकना मत।"

कुँअर ने यह बात गाँठ बाँध ली। माँजी को टोकना-बरजना तो दूर, माथे पर शिकन तक नहीं आने दी। जो कहतीं तुरन्त मान जाता। पण्डित की पाँचों अँगुलियाँ घी में थीं।

काइयाँपन में पण्डित का दूर-दूर तक कोई सानी नहीं था। गँवार चौधरी की मोटी बुद्धि उसका मुकाबला कैसे करती भला। गढ़ के चबूतरे पर औंधी जाजमें बिछीं। सोग में बैठने के लिए लोगों की भीड़ लग गई। पर दूसरे दिन घड़ी दिन चढ़ने पर भी पण्डित की छाया तक नहीं दिखी तो माँजी को दुःख के साथ-साथ अचरज भी कम नहीं हुआ। कल ही तो गहनों की पोटली ले गया और आज कहीं अता-पता ही नहीं! किसने सोचा था कि बूढ़ा व्यास इतना नुगरा निकलेगा! लच्छन तो ऐसे हैं कि सारे गहने और कुआँ वापस छीन ले, पर लोग चक-चक करेंगे। माँजी के गुस्से का पार न था।

सहसा बाँभन की कुँआरी बेटी रोते हुए गढ़ में आई। विलाप करते हुए कहने लगी कि अन्नदाता की मौत का बापू को ऐसा सदमा लगा कि उन्होंने आज तड़के

शरीर छोड़ दिया। ठाकुर के बिना जीने में धिक्कार है। नाता हो तो ऐसा! पाँच-सात मोतबर पण्डित के यहाँ पता करने गए। बात सोलहों आना सच्ची! बूढ़ी पण्डिताइन छाती माथा कूट-कूटकर अधमरी हो गई थी। माथा पटकने से खून रिसने लगा था। कुटुम-कबीले वालों ने रो-रोकर आसमान सर पर उठा लिया था। बेटे धाड़ें मारकर रो रहे थे। पोते रो-रोकर हलकान हो गए थे। बहुएँ अपने बाल नोच रही थीं। इस हाय-त्राय के बीच पड़ोसियों ने अर्थी तैयार की।

अर्थी उठी तो पण्डिताइन अचेत होकर गिर पड़ी। कुँअर और चौधरी ने पण्डित को कन्धा दिया। उसकी मौत का समाचार सुनकर दोनों बहुत खुश हुए। क्लेश कटा! भाग्य बली हो तभी ऐसा अचीता सुयोग होता है।

श्मशान का आधा रास्ता पार किया होगा कि अर्थी पर से खँखारना सुन पड़ा। पर कन्धा देनेवालों ने कान नहीं दिया। कुछ पल बाद बूढ़े पण्डित की आवाज सुनायी दी, "भले आदमियो, जरा रुको तो!"

काँधियों ने चौंककर अर्थी जमीन पर रखी। यह कैसी लीला! पंडित ने पूछा, "मुझे कहाँ लिये जा रहे हो?"

काँधिए डरते-डरते बोले, "श्मशान।"

"क्यों श्मशान क्यों? जिन्दा जलाने का इरादा है क्या? मैं तो देवलोक अन्नदाता से मिलने गया था। घड़ी-डेढ़ घड़ी देर से आता तो तुम मुझे सचमुच जला देते। मेरा मुँह क्या देख रहे हो, अब तो खोलो!"

पण्डित के बेटों ने झटपट मूँज की गाँठें खोलीं। पण्डित आलस मरोड़कर खड़ा हुआ। घरवालों के हर्ष का अन्त नहीं था। कुँअर चौधरी का मुँह जोहने लगा और चौधरी कुँअर का। ऐसा तमाशा तो कभी नहीं सुना! वे असमंजस में पड़ गए। भला मिलनी की बात झूठ कैसे हो सकती है!

हवा के साथ पूरे गाँव में खबर फैल गई कि पण्डितजी देवलोक में अन्नदाता से मिलनी जाकर वापस आए हैं। आन-की-आन में गढ़ में लोगों का जमघट लग गया। माँजी के आनन्द कीं न कोई थाह और न पार। माँजी ने हाथ जोड़कर अरदास की तो पण्डित खड़ा होकर आँखों देखा हाल सुनाने लगा, "अब आप लोगों से क्या कहूँ! इतने बरस तो देवलोक का नाम ही सुना था। अन्नदाता हमें छोड़कर चले गए तो मैं व्याकुल हो गया। आखिर मिलनी के बहाने उनका ठाट-बाट देखा तो मन को शान्ति मिली। अन्नदाता की जोड़ का वहाँ एक भी जागीरदार नहीं है। इस जागीर से चौगुनी जागीर। पर उसके ठाट-बाट अलग। पानी का गढ़! फूलों के वस्त्र। केसर के थाल। मंजरी की कटोरियाँ। हवा की गद्दियाँ। बादलों का छत्र। बिजलियों के निसान-नगारे। कुमकुम के घोड़े। अमरफल का भोजन। पीने के लिए अमृत। पर हजूर का अभी वहाँ मन नहीं लगा। रात-दिन यहाँ की याद सताती है। मन लगते-लगते लगेगा। कइयों को चितारते हैं। ठकुरानी को, कुँअर को,

कामदार को और सारे अमले को। देवी-देवता बारी-बारी से समझाते हैं कि देवलोक के आनन्द का मुकाबला नहीं हो सकता। पर अन्नदाता इस ठिकाने की याद में बहुत उदास रहते हैं। सन्तोष और सुख की बात फकत यही है कि यहाँ जो दान किया वह वहाँ दूना मिला।''

ठकुरानी के कलेजे के तीर पार हो गया। बमुश्किल अटकते-अटकते बोली, ''उन्होंने और भी कुछ मँगवाया हो तो संकोच मत करना। उनसे बढ़कर ठिकाना थोड़े ही है।''

''मँगवाया तो बहुत कुछ है। मिलनी नहीं जाता तो पता ही नहीं चलता कि हजूर को क्या-क्या चाहिए। देवलोक के आचार-व्यवहार के आदी नहीं हो जाते तब तक झंझट है। फिर कोई तकलीफ नहीं।''

चौधरी ने ताईद की, ''पर आदी होने तक तो सरकार को तकलीफ-ही-तकलीफ है। आप फरमाएँ तो बैलों की जोड़ी लेकर मैं वहीं चला जाता हूँ। अन्नदाता के बिना मेरा भी जी नहीं लगता।''

पण्डित ने सर धुनते हुए कहा, ''वहाँ हल से खेती नहीं होती। न धान-बाजरा पैदा होता है न चारा। वहाँ की कुदरत और रहन-सहन अलग है। मुझे तो देखकर भी विश्वास नहीं होता।''

माँजी ने अधीरता से कहा, ''तुम्हें विश्वास नहीं होता, मुझे होता है। तुम्हारे ऐसा दरद ही क्या है! मेरा कलेजा तो सुनते ही छलनी हो गया। एक की ठौर इक्कीस चीजें हाजिर कर दूँ। चमड़पोस हुक्के के बिना वे एक पल भी नहीं रह सकते। जाने इतनी देर कैसे रहे होंगे।''

पण्डित की आँखें भर आईं। कहने लगा, ''वहाँ की हालत मैं आँखों से देखकर आया हूँ। फूलों के वस्त्र, केसर के थाल और मंजरी की कटोरियाँ मुझे तो अच्छी नहीं लगीं।''

पति के अभाव की इतनी बातें सुनने के बाद माँजी के कैसी ढील! खुद अपने हाथ से सारी चीजें पण्डित को सँभला दीं—चाँदी का चमड़पोस हुक्का, चाँदी का थाल, चाँदी की कटोरियाँ, चाँदी का टेर्या, चाँदी का गट्टा और चाँदी की चिलम। भोली माँजी को इस पर भी तसल्ली नहीं हुई। खुद अफीम लाकर दिया। चौबारे के दारू का इमरतबाण देते हुए पूछा, ''उनके चढ़ने के लिए वहाँ घोड़ा तो है न?''

चौधरी ने हाथ जोड़कर कहा, ''अन्नदाता, वहाँ घोड़े कहाँ से आएँगे! सवारी के लिए उम्दा घोड़ा भिजवाए बिना मन नहीं मानता। सोने की छड़ी, रातबदाना और काठी भी भेजनी होगी।''

चौधरी की बात सुनकर कुँअर का मन खट्टा हो गया। अब इस ठिकाने में कोई उसका तरफदार नहीं। भोली माँजी सब लुटा देंगी। और क्या मालूम मिलनी की बात सच ही हो? मना किया तो ठाकुर देवलोक में बैठे-बैठे ही उसका गला

घोंट देंगे। पर चौधरी को यों खुलेआम पण्डित की हाँ में हाँ नहीं मिलानी चाहिए। ठिकाने के कमजोर होने में ही लोगों को अपनी भलाई दिखती है।

फिर तो ज्यों-ज्यों याद आता गया त्यों-त्यों माँजी ठाकुर के सुख की चीजें जबरन देती गईं। दूध-दही के लिए भैंस, सारे कपड़े, तोशक-रजाई और पलंग। एक गाड़ी ज्वार का उम्दा चारा। सरदियों की रात में पेशाब करने का तसला भी पीछे नहीं छोड़ा।

ठाकुर को मांस का बहुत शौक था। इस खातिर पण्डित को दस तगड़े बकरे दिए। पण्डित का दिल बल्लियों उछलने लगा, फिर भी लोक-दिखावे के लिए मुँह लटकाए खड़ा रहा। ठिकाने के चाकर सब चीजें लेकर पण्डित की हवेली की ओर रवाना हुए तब पण्डित ने नम्रता से कहा, ''देवलोक से आते बखत अन्नदाता ने मुझे खास हिदायत दी कि मैं खुद अपने हाथ से तीसरे से बारहवें तक सरड़ा सींचूँ। कच्चे सूत की तन्नियाँ बाँधकर घड़ा भरूँ। श्मशान में भस्म के चारों ओर कच्चे दूध की धार दूँ। मैं खुद गरुड़-पुराण बाँचूँ। गढ़ के आँगन में बाणगंगा का पानी छिड़कूँ। मेरे सिवा अन्नदाता को किसी पर भरोसा नहीं। सब खटकरमों की मुझे पूरी हिदायत दी। काम सब मैं करूँगा। दक्षिणा आप जिसे चाहे दें। लालची आदमी तो मुझे फूटी आँख नहीं सुहाता।''

इतना कहकर वह जार-जार रोने लगा। माँजी के घड़ी-घड़ी ढाढस बँधाने से वह बड़ी मुश्किल से चुप हुआ।

भीड़ जैसे इकट्ठी हुई वैसे ही बिखर गई। हरेक की जबान पर पण्डित के ठाकुर से मिलनी जाने के बखान थे। सिद्ध-पुरुष हो तो ऐसा!

दूसरे दिन पण्डित फिर मिलनी गया। परियों पर निछावर करने के लिए एक सौ एक मोहरें अपने साथ ले गया।

अपनी मेड़ी में चौधरी को बुलाकर कुँअर बुझी हुई आवाज में कहने लगा, ''भाई, जब तू भी पण्डित के सुर में सुर मिलाने लगा तो मैं किसकी आस करूँ! पीढ़ियों से संचित धन छह महीने मुश्किल से चलेगा। मैं गोद आया न आया बराबर!''

पूरी तरह हताश हुआ चौधरी बोला, ''पण्डित की मिलनी के आगे तो मेरी अकल भी जवाब दे गई। यह तो मुझे भी सच लगता है। पर सच हो या झूठ, जब माँजी खुद पण्डित से दो कदम आगे चलती हैं तो हम कर ही क्या सकते हैं? नहीं तो कब का इस मँगते को पछाड़ देता।''

कुँअर की रही-सही आस भी हवा हो गई। माँजी से कुछ कहना-सुनना तो और भी बुरा होगा। अब तो सब होनी के हाथ है।

दूसरे दिन घड़ी रात रहते गाँव-चौधरी विलाप करता हुआ गढ़ में आया। माँजी और कुँअर घबराए हुए उसके पास गए तो उसने छाती-माथा कूटते हुए कहा

कि उसका बेटा रामशरण हो गया। सुनकर कुँअर की साँस जहाँ की तहाँ रह गयी। बड़ा हितैषी चला गया। अब इस ठिकाने में उसका कोई हिमायती नहीं रहा। पण्डित उसकी देह के कपड़े भी नहीं छोड़ेगा। गाँव-चौधरी के साथ कुँअर भी रोने लगा। चाकर को संग लेकर सीधे मित्र के घर गया। माँ और बहू बेतरह रो रही थीं। कुँअर को लगा जैसे उसका कलेजा फट जाएगा।

घर वाले रोते रहे और काँधिए अर्थी उठाकर श्मशान की ओर चले। कुँअर ने इस काँध को तो सपने में भी नहीं सोचा था। ठेठ श्मशान तक फूट-फूटकर रोता रहा।

बूढ़ा पण्डित पहले ही श्मशान पहुँच गया था। लोक-दिखावे के लिए घड़ी-घड़ी आँखें पोंछता। उसके आदेश से फटाफट चिता सजी। अर्थी को भाँग-तोड़कर चौधरी की लोथ को चिता पर लिटाया। माटी सरीखी माटी। लक्कड़ सरीखा लक्कड़। पण्डित का खटका दूर हो गया। अभी जल कर भस्म हो जाएगा। पूरे ठिकाने में फकत यही काँटे की तरह खटकता था। जैसे लच्छन थे वैसी ही अकाल मौत हुई।

कुछ देर बाद पण्डित के आग देने का कहते ही चिता में से सुन पड़ा, ‘‘क्या जिन्दा जलाने का इरादा है? मैं भी आप की तरह देवलोक मिलनी गया था। अन्नदाता के दरसन करके अभी-अभी वापस आया हूँ। अब ये लक्कड़ जल्दी हटाओ, मेरा दम घुट रहा है।’’

इतना सुनने के बाद गाँव-चौधरी और कुँअर के कैसी ढील! फटाफट लक्कड़ दूर फेंके। कुँअर का मित्र आलस मरोड़कर खड़ा हुआ। पण्डित के देवता कूच कर गए। उसके चेहरे पर हवाइयाँ उड़ने लगीं। पर चौधरी की नम्रता का क्या कहना! पण्डित के चरणों में सर नवाकर कहने लगा, ‘‘आपकी हर बात सच निकली। देवलोक का नजारा देखकर मेरा तो सर घूम गया। मैं तो आना ही नहीं चाहता था, पर अन्नदाता के कहने पर आना पड़ा। माँजी को बधाई की सारी बातें बताए बिना मुझे कल नहीं पड़ेगी।’’

फिर लोकाचार में आए सब लोगों से कहा, ‘‘अब मेरा मुँह क्या देख रहे हो! फटाफट गढ़ में चलो!’’

फिर कैसी कोताही! आन की आन में पूरे गाँव में खबर फैल गई कि गाँव-चौधरी का बेटा और कुँअर का अंतरंग मित्र देवलोक मिलनी जाकर आया है। गढ़ में पहले से दुगने लोग इकट्ठे हुए। माँजी के हर्ष की सीमा न थी। और न चौधरी की सज्जनता का ही पार था। पण्डित के चरणों में सात बार सर नवाकर कहने लगा, ‘‘अब अन्नदाता के ठाट-बाट का क्या कहना! वास्तव में पण्डितजी को दिया दान वहाँ दूना फला। अगल-बगल दो-दो चमड़पोस हुक्के। रात-दिन गुड़-गुड़ की मीठी गूँज। देवता तक तरसते हैं। कहाँ वैसे चाँदी के थाल! कहाँ वैसे टेर्ये और गट्टे! कहाँ वैसा अफीम! आठों पहर गलनियाँ टप-टप झरती रहती हैं।

देवलोक के वासी हथेलियाँ भर-भरकर अफीम सुड़कते हैं। दो भैंसें। अन्नदाता सब को दूध पिलाते हैं। चौबारे के दारू की मनुहार पर मनुहार!"

माँजी का हिया खुशी से छलकने लगा। पर कुँअर का मन बुझ गया। जब ऐसा गाढ़ा मित्र भी पण्डित के साथ मिलकर ठगाई करने लगा तो पीछे क्या रहा। किस पर भरोसा करे! अब तो सूरज का भी पतियारा नहीं कि वह सबेरे बखतसर उगेगा कि नहीं।

पण्डित सोचने लगा कि चौधरी नीयत बिगाड़कर उसकी लूट में हिस्सा बँटाना चाहता है तो बँटाने दो। बात छुपी रही तो सब भला ही होगा।

चौधरी आगे कहने लगा, "अभी देवलोक का नजारा बहुत बाकी है। असली मरम की बात तो अब बताऊँगा। तब तक चाकरों से मेरी अरज है कि वे भट्ठी चेताकर दो सलाखें गरम करें।"

माँजी के आदेश से तीन-चार चाकर भट्ठी चेताने में जुट गए। चौधरी फिर देवलोक के हाल-चाल बताने लगा, "बाकी सब तो ठीक है, पर एक गड़बड़ हो गई। कल अन्नदाता चौबारे के दारू के नशे में घोड़ा दौड़ा रहे थे कि घोड़े से गिर गए। ज्यादा चोट तो नहीं आई, पर दोनों घुटनों में बहुत दरद है। न उठा जाता है न बैठा जाता है! हर घड़ी कराहते रहते हैं। घुटनों के इलाज के लिए ही उन्होंने मुझे उलटे पाँव लौटा दिया। नहीं तो मैं वहीं अन्नदाता की सेवा में रहना चाहता था। अधघड़ी देर से आता तो पीछे राख ही बचती। पण्डितजी से भी अन्नदाता ने ज्यादा जल्दी मचाई। इससे मेरे प्राण बच गए। अन्नदाता ने फरमाया कि पण्डितजी के घुटनों को लालसुर्ख सलाखों से दागते ही उनका दरद काफूर हो जाएगा।"

फिर चौधरी माँजी की ओर मुड़ा, "अब जैसा आप का हुकम हो?"

माँजी ने कहा, "मेरा हुकम क्या उनके हुकम से भी बड़ा हो गया! बातें बनाना बन्द करो और फटाफट डाम लगाओ। पण्डितजी के डाम लगाए बिना उनका कराहना बन्द नहीं होगा।"

पण्डित थर-थर काँपते हुए बोला, "गरीबपरवर, मेरे डाम लगाने से अन्नदाता का दरद कैसे दूर होगा?"

अबके कुँअर ने कहा, "जैसे आप को दिए दान का अन्नदाता को दूना फल मिला उसी तरह यह डाम भी हाथोंहाथ असर दिखाएगा।"

अब एक पल की देर भी माँजी के लिए भारी हो रही थी। भट्ठी दहकाते चाकरों से आवाज देकर पूछा, "सलाखें लाल हो गईं कि नहीं?"

"हो गईं अन्नदाता! अभी लाए।"

अगले ही पल टाट में लिपटी सलाखों के लालसुर्ख सिरे पण्डित की आँखों के आगे दमकने लगे। मिलनी के ऐसे फल का तो उसने सपने में भी नहीं सोचा

था। पण्डिताई के ऊँचे ज्ञान को चौधरी की मोटी बुद्धि के आगे हार माननी पड़ी। काँपते हाथों से चौधरी के पैर पकड़कर गिड़गिड़ाया, "इस बार छोड़ दे चौधरी, ब्राह्मण होकर तेरे पाँव पड़ता हूँ। चाहे तो मेरी सारी जमा-जत्था ले ले, पर मुझे छोड़ दे! मरकर भी तेरा गुन नहीं भूलूँगा। फिर तेरी मरजी!"

चौधरी पैर छुड़ाते हुए बोला, "मेरी मरजी तो कुछ और ही थी, पर पैर पकड़ने के बाद मन की मन में ही रह गई। धन्य हैं पण्डितजी आपकी चालें!"

बनिए का गुरु

एक बूढ़ा चौधरी लकड़ियों से गाड़ी भरकर पास के नगर में बेचने के लिए गया। एक सेठ ने पूछा, "बाबा गाड़ी का क्या लेगा?"

चौधरी ने कहा, "एक ही दाम बता दूँ? पूरे पाँच रुपए लूँगा। कमी-बेशी मत करना।"

सेठ ने कहा, "बाबा, तूने कहा है तो गाड़ी के पूरे पाँच ही दूँगा। चल, जल्दी कर! मेरी हवेली दूर है।"

सेठ के साथ चौधरी उसकी हवेली गया। गाड़ी खाली की। सेठ ने खुशी-खुशी पाँच रुपए दिए। चौधरी वापस बैल जोतने लगा तो सेठ गरजा, "खबरदार, गाड़ी और बैलों को हाथ मत लगाना! गाड़ी-बैलों की मैंने पूरी कीमत चुकाई है। अब ये मेरे हैं। मैंने तुझसे गाड़ी का मोल पूछा था या लकड़ियों का? मैंने कहा था कि बाबा, गाड़ी का क्या लेगा? कहा था कि नहीं? तू ने पाँच रुपए माँगे। पाँच से कम दिए हों तो बता? गाड़ी का मोल करते बखत बैल जुते हुए थे कि नहीं? सर में सफेदी आ गई, सच बोलना! एक दिन सबको भगवान को मुँह दिखाना है।"

चौधरी को काटो तो खून नहीं! अटकते-अटकते बोला, "बैल जुते हुए जरूर थे, पर सेठजी मैंने तो लकड़ियों का दाम बताया था। गाड़ी-बैल कहीं पाँच रुपए में आते हैं!"

सेठ ने तेजी से कहा, "पर मैंने तो गाड़ी का दाम पूछा था और गाड़ी के दाम देने की बात की थी। गाड़ी-बैल पाँच रुपए में आते हैं कि नहीं यह तू जाने। आदमी की जबान एक होती है कि दो? अब चुपचाप चलता बन नहीं तो धक्के मारकर निकलवा दूँगा। मेरे यहाँ झगड़ा-टंटा नहीं चलेगा।"

चौधरी बूढ़ा था। अधिक सरधा नहीं थी। गाड़ी छोड़ते हुए कलेजे पर करौत चलती थी। सेठ के आगे हाथ जोड़े। गिड़गिड़ाया। उसके पाँवों में पगड़ी रखी। रोते हुए बोला, "मेरे समझने में भूल हो गई। मैंने तो लकड़ियों का मोल बताया था। आप बड़े हैं, गरीब पर दया करें!"

पर सेठ के कान पर जूँ भी नहीं रेंगी। अपनी बात पर अड़ा रहा। चौधरी को समझाया कि दुनिया में जबान से बढ़कर कुछ नहीं। जबान से ही बरकत होती है। जबान से पलट जाए वह आदमी कैसा! ये तो नाकुछ गाड़ी-बैल हैं, जबान से तो लाखों के वारे-न्यारे होते हैं। अगर तेरी तरह सब पल-पल में जबान पलटने लगें तो दुनिया का काम कैसे चलेगा!

बेचारा पाँव घिसटता हुआ हवेली से निकला और अपने गाँव आया। घरवालों ने पूछा, "बाबा, बैलगाड़ी कहाँ है? रास्ते में खराब तो नहीं हो गई? बहुत तकलीफ पाई होगी।"

बाबा ने खीजकर कहा, "बैलगाड़ी तो ठिकाने लगी। तुम में दम हो तो कुछ करो। ससुरे बनिए के आगे मेरी एक न चली। तकलीफ का क्या पूछते हो! ठेठ शहर से पाँव रगड़ते हुआ आ रहा हूँ।"

चौधरी ने अपने बेटों को ब्यौरेवार पूरी बात बताई। कहा, "मेरे साथ तो ऐसी हुई। सेठ के आगे खूब रोया। गिड़गिड़ाया। पाँवों में पगड़ी रखी। पर उसने तो एक ही आँकड़ी पकड़ ली कि आदमी की जबान एक होती है। जबान से लाखों के वारे-न्यारे होते हैं। अगर आदमी यों जबान बदलने लगा तो दुनिया कैसे चलेगी! मुझे तो बोलने ही नहीं दिया!"

चौधरी के चार जवान बेटे थे। सुनकर उनकी आँखों में खून उतर आया। बड़े वाले तीन बेटों ने कहा, "चलो काका, हमें उस हरामी की हवेली दिखा दो। साले की ईंट-से-ईंट बजा देंगे। बनिए की औलाद की इतनी हिम्मत कि यों राह चलते गाड़ी-बैल रखवा ले!"

पर सब से छोटा बेटा कुछ और ही सोच रहा था। बोला, "मैं अकेला ही उससे निपट लूँगा, तुम्हारी बारी नहीं आएगी। कल मुझे दूसरी गाड़ी में लकड़ियाँ ले जाने दो। सेठ की जबान से ही उसे बाँधूँगा। उसी का तराजू, उसी के बाट और उसी के भाव से उसका हिसाब चुकता करूँगा।"

चौधरी का चौथा बेटा बहुत होशियार था। सबको भरोसा हो गया कि उसने कहा है तो करके दिखाएगा।

दूसरे दिन वह घड़ी रात रहते घर से रवाना हुआ और नगर के उसी चौक में गाड़ी खड़ी की। काका ने उसे सेठ का हुलिया अच्छी तरह समझा दिया था। कल का दाँव सेठ के लिए बहुत मुफीद रहा था। उसकी सफलता से फूला वह आज फिर वहीं आया। लकड़ियों से भरी गाड़ी देखकर उसकी बाँछें खिल गईं। पास आकर पूछा, "भाई तू कौन जात है?"

वह तुरन्त समझ गया कि यह वही सेठ है। बोला, "सेठजी, मैं जाट हूँ।"

"चौधरी गाड़ी बिकाऊ है?"

"इसमें पूछना क्या! बेचने के लिए ही तो आया हूँ।"

सेठ को चाट लगी हुई थी। गाड़ी शब्द पर जोर देते हुए पूछा, **"तो एक ही कीमत बता दे, इस गाड़ी का क्या लेगा? मोल-भाव वाली बात मत करना।"**

गाड़ी वाले ने कहा, "सेठजी, फिजूल मोल-भाव में क्या रखा है! सामने आदमी देखा जाता है। एक ही बात बता दूँ कि इस गाड़ी के दो मुट्ठी टके लूँगा। आप के जँचती हो तो बोलो?"

सेठ ने देखा कि यह तो कल वाले बाबा से भी भोला है। मुट्ठी का क्या, एक टका बन्द कर लें। और दो भी। बन्द मुट्ठी का तो खोलने से पता चलता है। आज यह गावदी खूब मिला! ऊपरी मन से बोला, "गाड़ी का दाम तो तू ने ज्यादा बताया, पर राजा कर्ण की वेला कौन झिक-झिक करे! चल मेरी हवेली, इस गाड़ी के दो मुट्ठी टके ही दूँगा।"

चौधरी के बेटे ने सोचा कि आज यह बनिया अच्छा फँसा! जिन्दगी भर लकड़ियाँ खरीदना न भुला दे तो चौधराइन का दूध नहीं पिया।

हवेली पहुँचते ही सेठ ने कहा, "बोहनी के बखत पहले दाम पल्ले बाँध ले, फिर गाड़ी खोलना।"

यह कहकर वह तेजी से अन्दर गया और दोनों मुट्ठियों में एक-एक टका बन्द करके लाया। चौधरी के पास आकर बोला, "ले अपने दाम, फिर दूसरी सटर-पटर करना।"

सेठ टके देने के लिए मुट्ठियाँ खोल ही रहा था कि गाड़ी वाले ने झट उसका हाथ पकड़ लिया। कमर में खोंसा तीखातच्च हँसिया निकालकर बोला, "सेठजी, मुट्ठियाँ खोलो मत। ये तो अब साथ ही जाएँगी। आज आया है ऊँट पहाड़ के नीचे! लकड़ियों के साथ गाड़ी-बैल बिकते हैं तो टकों के साथ मुट्ठियाँ भी जाएँगी।"

यह कहकर उसने सेठ की कलाई पर हँसिए का हलका-सा रगड़का दिया। सेठ जोर से चिल्लाया, "छोड़ दे चौधरी, मुझ पर दया कर! मुझसे गलती हो गई। कल के गाड़ी-बैल भी वापस ले जा। गाड़ी-बैल का भला मैं क्या करूँगा! मैंने तो मजाक किया था।"

चौधरी उसकी कलाई मरोड़ते हुए बोला, "काका कल गिड़गिड़ाया, पाँवों में पगड़ी रखी, पर तुम नहीं पसीजे। अब मरद होकर जबान पलटते क्यों हो! जबान से तो लाखों का लेन-देन होता है। दो मुट्ठी टके की बात पक्की हुई थी कि नहीं, बोलो?"

पल भर में सेठ को सारा नफा-नुकसान समझ में आ गया। बोला, "जबान तो की थी, पर टकों के साथ मुट्ठियाँ कटने का मुझे ध्यान नहीं रहा। अब जैसा तू कहे करने को तैयार हूँ, मेरा हाथ छोड़ दे।"

चौधरी उसकी नकल उतारते हुए बोला, "ध्यान नहीं रहा! तुम्हें क्यों ध्यान रहने लगा! काका से गाड़ी-बैल छीनते बखत पूरा ध्यान था! आज तुम्हारी मुट्ठियाँ

नहीं काटीं तो मेरी जात पर जूती।"

कहते-कहते उसने हँसिए का एक रगड़का और दिया। सेठ देवी के बकरे की तरह काँपने लगा। बोला, "गाड़ी के साथ दण्ड के पाँच सौ रुपए भी दूँगा, मेरा हाथ छोड़ दे!"

उसे काँपते देखकर चौधरी को हँसी आ गई। कहा, "इसी हिम्मत के जोर पर बेचारे भोले-भाले लोगों को ठगते हो? चलो, मेरे पाँवों में पगड़ी रखकर सात बार नाक रगड़ो!"

सर सलामत रहना चाहिए। पगड़ी पाँवों में रखने से क्या बिगड़ता है! रगड़ने से नाक घिसती थोड़े ही है! सेठ ने कहते ही तुरन्त पगड़ी उसके पाँवों में रखी और गिनकर सात बार जमीन पर नाक रगड़ा।

तब चौधरी ने कहा, "अब चुपचाप पाँच सौ रुपए ले आओ और काका के गाड़ी-बैल वापस करो। अगर इसमें चीं-चपट की तो हँसिए से पेट की आँतें निकाल दूँगा।"

सेठ तो फिर बोला ही नहीं। जैसे मुँह में गुड़ दिया हो। तुरन्त पाँच सौ रुपए गिन दिए और कल के गाड़ी-बैल भी लौटा दिए।

चौधरी का बेटा दोनों बैलगाड़ियों के साथ हँसता हुआ अपने गाँव की ओर चला।

मेहनत सार

एक बार भोले शंकर ने दुनिया पर बड़ा भारी कोप किया। पार्वती को साक्षी बनाकर दृढ़ संकल्प किया कि जब तक यह दुष्ट दुनिया सुधरेगी नहीं, तब तक शंख नहीं बजाएँगे। शंकर भगवान शंख बजाएँ तो बरसात हो।

अकाल-दर-अकाल पड़े। पानी की बूँद तक नहीं बरसी। न किसी राजा के क्लेश व सन्ताप की सीमा रही न किसी रंक के। दुनिया में त्राहिमाम-त्राहिमाम मच गया। लोगों ने मुँह में तिनका दबाकर खूब ही प्रायश्चित्त किया, पर महादेव अपने प्रण से तनिक भी नहीं डिगे।

संजोग की बात ऐसी बनी कि एक दफा शंकर-पार्वती गगन में उड़ते जा रहे थे। उन्होंने एक अजीब ही दृश्य देखा कि एक किसान भरी दुपहरिया जलती धूप में खेत की जुताई कर रहा है। पसीने में सराबोर, मगर अपनी धुन में मगन। जमीन पत्थर की तरह सख्त हो गई थी।

फिर भी वह जी जोड़ मेहनत कर रहा था, जैसे कल-परसों ही बारिश हुई हो। उसकी आँखों और उसके पसीने की बूँदों से ऐसी ही आशा चू रही थी। भोले शंकर को बड़ा आश्चर्य हुआ कि पानी बरसे तो बरस बीते, तब यह मूर्ख क्या पागलपन कर रहा है।

शंकर-पार्वती विमान से नीचे उतरे। उससे पूछा, ''अरे बावले! क्यूँ बेकार कष्ट उठा रहा है? सूखी धरती में केवल पसीना बहाने से ही खेती नहीं होती। बरसात का तो अब सपना भी दूभर है।''

किसान ने एक बार आँख उठाकर उनकी ओर देखा, फिर हल चलाते-चलाते ही जवाब दिया, ''हाँ, बिलकुल ठीक कह रहे हैं आप। मगर हल चलाने का हुनर भूल न जाऊँ, इसलिए मैं हर साल इसी तरह पूरी लगन के साथ जुताई करता हूँ। जुताई करना भूल गया तो केवल वर्षा से ही क्या गरज सरेगी! मेरी मेहनत का अपना आनन्द भी तो है। फकत लोभ की खातिर ही मैं खेती नहीं करता।''

किसान के ये बोल कलेजे को पार करते हुए शंकर भगवान के मन में ठेठ गहरे बिंध गए। सोचने लगे, ''मुझे भी शंख बजाए बरस बीत गए। कहीं शंख

बजाना भूल तो नहीं गया! बस, उससे आगे सोचने की उन्हें जरूरत ही नहीं थी। खेत में खड़े-खड़े ही झोली से शंख निकाला और जोर से फूँका। चारों ओर घटाएँ उमड़ पड़ीं—मतवाले हाथियों के समान।

आकाश में गड़गड़ाहट पर गड़गड़ाहट गूँजने लगी और बेशुमार पानी बरसा—बेशुमार। जिसके स्वागत में किसान के पसीने की बूँदें पहले से ही खेत में मौजूद थीं।

विचित्र अधिकार

एक महात्मा फेरी पर जा रहे थे। एक नवेली बहू ने न तो उन्हें दक्षिणा में आटा डाला और न उन्हें रोटियाँ ही दीं। महात्मा को काफी गुस्सा आया। उनकी ऐसी शान तो पहली बार ही बिगड़ी। रास्ते भर उसे कोसते हुए, बुरा-भला कहते हुए बड़बड़ाते जा रहे थे कि सर पर लकड़ियों की भारी उठाए बहू की सास मिल गई। उसे रोककर कहने लगे, ''कैसी कुलच्छनी बहू लाई हो, जो हाथ की बजाय सन्तों को मुँह से उत्तर दे। क्या एक अंजलि भर आटे व एक रोटी से भी साधु सस्ता हो गया? महात्मा के भेख की एक कुत्ते जितनी भी इज्जत नहीं रखी। मुँह के सामने ही साफ मना कर दिया कि मुफ्तखोरे साधुओं को देने के लिए आटा नहीं पीसा। अब तो घर-घर बहुओं का राज होने लगा है। थोड़े दिन बाद तो खुद भगवान भी भूखे मरने लगेंगे।''

महात्मा की बात सुनकर सास आग बबूला हो गई। अविश्वास के भाव से पूछा, ''सच कह रहे हैं?''

''नहीं तो क्या झूठ बोल रहा हूँ! लगता है अब तो इन बहुओं के कारण हमें भी झूठ सीखना पड़ेगा।''

''फिर तो यह दुनिया जीने काबिल ही नहीं रहेगी। नहीं महाराज, आप अपने मुँह से ऐसी बात न करें, सुनने से ही पाप लगता है। चलिए मेरे साथ। बड़ी आई नवाबजादी, जीभ न खींच लूँ तो मेरे नाम पर जूती। खड़े-खड़े देख क्या रहे हैं, चलिए न मेरे साथ!''

महात्मा ने सास का यह रंग-ढंग देखा तो बड़े प्रसन्न हुए। बार-बार मना करने पर उसके सर की भारी अपने कन्धे पर धरने के बाद ही वे उसके पीछे-पीछे चले। सास गुस्से में तेज चलती हुई बहू को दनादन गालियाँ निकाल रही थी। सुनकर महात्मा को भी काफी अचरज हुआ कि इत्ती गालियाँ तो वे भी नहीं जानते। पर मन-ही-मन बड़े खुश थे कि सास-बहू के झगड़े में उनके पौ-बारह हो जाने हैं। लकड़ियों का भारी बोझ उन्हें फूलों की डलिया जैसा हलका लगा और उधर भार उतरने से सास का मुँह और ज्यादा खुल गया था।

घर पहुँचते ही महात्मा जी से भारी लेकर वह दनदनाती अन्दर पहुँची। गले की पूरी ताकत से बहू को झिड़कते हुए उसने अन्त में पूछा, ''बोल तूने, सचमुच महात्मा जी को मना किया?''

बहू ने धीमे से अपराधी की नाईं हामी भरी। सास की आँच और तेज हो गई, ''बेशऊर कहीं की! तेरी इतनी हिम्मत कि मेरे रहते तू मना करे?''

महात्मा मन-ही-मन सोचने लगा कि आज तो यह झोली छोटी पड़ जाएगी। बड़ी लाते तो अच्छा रहता। उन्हें क्या पता कि सास इतनी भली है! उबलती हाँडी के ढक्कन की तरह फदफदाते सास बाहर आई। पर खाली हाथ। गुस्से के उसी लहजे में बोली, ''भला आप ही बताइए, मेरे रहते वह मना करनेवाली कौन होती है? मरने के बाद भी उसकी ऐसी हिम्मत क्या हो जाए! मना करूँगी तो मैं करूँगी। यूँ मुँह बाए क्यूँ खड़े हैं? हाथ-पाँव हिलाते मौत आती है! खबरदार, कभी इधर मुँह भी किया तो। इस घर की मालकिन हूँ तो मैं हूँ एक बार नहीं सौ बार मना करूँगी। फौरन, अपना काला मुँह करिए यहाँ से। बेकार झिकझिक करने की मुझे फुरसत नहीं है।''

बेचारे महात्मा ने डरते-सहमते अपने सर पर हाथ फेरा। सचमुच, लकड़ियों का गट्ठर तो सास उतार ले गई थी, फिर यह असह्य बोझ काहे का है? उसके पाँव मानो धरती से चिपक गए हों।

रुपये की महिमा

बनिए का बच्चा तो जन्म के साथ ही दस बरस जितनी बुद्धि लेकर पैदा होता है। बोलना सीखने तक तो उसके पाँवों में वह ठोकरें खाती फिरती है। सौभाग्य से एक बनिए के ऐसा ही होशियार लड़का था। सात बरस तक पहुँचते-पहुँचते तो उसने दुकान का सारा काम सँभाल लिया—कम तौलना, कम नापना, झूठ बोलना और खोटे खाते लिखना। बेटे की कुशाग्र बुद्धि पर जब बाप को पूरा भरोसा हो गया तो वह दिन भर उधारी रकम बटोरता रहता। दुकान की देहरी पर भी नहीं चढ़ता। लोग बच्चे को ठगने के वहम में खुद हमेशा ठगा जाते और उन्हें मालूम ही नहीं पड़ता।

एक दिन एक जाट उसी दुकान पर सौदा-सूत लेने आया। बनिए के छोकरे को हाथ का इशारा करते हुए फरमाइश की, "एक रुपए का मालवी गुड़ देना तो।" जाट ने सोचा कि मौका लग गया तो उधार ही सही, वरना माँगने पर तो रुपया देना ही है। उधर बनिए के छोकरे ने सोचा कि सवेरे-सवेरे कौन उधार करे! नकद-नारायण का ग्राहक न जानकर उसने बहाना बनाया, "पिताजी उगाही पर गए हुए हैं, वे शाम तक लौट सकेंगे, मुझे भाव-ताव का कुछ भी पता नहीं।"

दो बित्ते के छोकरे की डेढ़-होशियारी देख जाट को भी गुस्सा आ गया। झटपट रुपया निकालकर बोला, "यह देख, तेरे पिताजी मेरी अंटी में हैं, अब तो सौदा दे।" इतना कहकर उसने रुपया दुकान के अन्दर फेंक दिया। फिर कहा, "पिताजी को गल्ले में डाल और फुरती से गुड़ तोल, देर हो रही है। तू तो अपने बाप के भी कान कतरे जैसा है। पर खबरदार, मेरे साथ कोई गड़बड़ की तो!"

बनिए के बेटे ने कुछ भी बुरा नहीं माना। मुस्कराते हुए चुपचाप गुड़ तौलते कहने लगा, "मैं तो अपने सिवाय किसी के साथ गड़बड़ नहीं करता। फिर दुबारा इस पेढ़ी पर आएगा कौन? आप ही बताइए।"

खटपट की साधना

रेगिस्तान के एक घुड़सवार ने दुनिया देखने के बहाने भूले-भटके गोडवाड़ की सर-सब्ज सीमा में प्रवेश किया तो उसे सबसे पहले इस बात पर आश्चर्य हुआ कि वहाँ के कौए हैं तो वैसे ही काले, पर बोलते बहुत मीठे हैं, सुनते ही जाओ। पानी की ऐसी अखूट माया हो तो दूध पीने की भी जरूरत नहीं। उसने पास ही कहीं खटखट की आवाज सुनी तो अपनी घोड़ी का रुख उधर ही मोड़ दिया। न घोड़ी ने और न घोड़ी के मालिक ने कहीं इससे पहले ऐसा नजारा देखा। माटी के लम्बे-लम्बे बासनों से कुण्डी में लगातार पानी पड़ रहा है! घोड़ी दो-तीन बार जोर-जोर से हिनहिनाई। शायद जोर की प्यास लगी थी। घुड़सवार ने लगाम खींचते हुए उसे उधर ले जाने की चेष्टा की। पर घोड़ी तो पानी के पास आते ही बिदक कर वापस दूर चली जाती। यह कैसा पानी है जो इस तरह लगातार आवाज करता है। खट-खट की आवाज ने तो मानो हठ ही पकड़ लिया कि वह कभी बन्द नहीं होगी। आखिर घोड़ी और मालिक दोनों ही उस खट-खट की आवाज से तंग आ गए।

घुड़सवार ने रहँट चलाने वाले किसान पर रौब गाँठा, "ऐ गँवार! तेरी यह खटपट बन्द कर। दिखता नहीं तुझे कि मेरी घोड़ी इससे बिदकती है। बिना कहे तू इतना भी नहीं समझता, फिर क्या खेती करेगा!"

किसान ने सहज भाव से कहा, "मुझे जितनी जरूरत है, उतना तो खूब अच्छी तरह समझता हूँ। लगता है कि आप ही नहीं जानते कि जब तक यह खटपट है, तभी तक पानी है! घोड़ी को पानी पिलाना हो तो इसी खटखट में पिलाना पड़ेगा। यह खटपट नहीं तो पानी भी नहीं।"

"पर मेरी घोड़ी बिदकती जो है!"

"तो खटपट की बजाय, इसका बिदकना ही बन्द करिए, तभी वह पानी पी सकेगी।"

अक्ल का बोझ

एक कुम्हार गधे पर नमक का परचूनी व्यापार करता था। रास्ते में एक बारहमासी नदी पड़ती थी। नदी पार करने में गधे को बड़ा जोर पड़ता था। पानी की कलकल आवाज सुनते ही उसका रोम-रोम सिहर उठता। उसका वश चले तो पानी ही न पिए, फकत हरी-हरी घास ही चरे, जो खुरों को सहलाती रहती है। संजोग की बात ऐसी बनी कि एंक दिन अनजान में गधे का पाँव रपट गया। पानी के सामने आखिर उसने घुटने टेक ही दिए। मालिक ने पीठ पर डण्डा मारा तो उसे मन मारकर उठना पड़ा। पर पीठ पर बोझ का तो नामोनिशान ही नहीं। गधे ने रेंक कर खुशी मनाई। जिसके बदले में उसे चार-पाँच डण्डे खाने पड़े। मगर मार खाने से गधे को उतनी तकलीफ नहीं होती थी, जितनी नदी के पानी में चलने से। बस, अब तो जरा-सी अक्ल लड़ाने से अपने आप कष्ट का मिवारण हो जाएगा। उसके बाद तो उस बुद्धिमान गधे ने वही बान अख्तियार कर ली। नदी के बीच पहुँचते ही पानी में बैठ जाता। कुम्हार बड़ा हैरान! आखिर अपने ही गधे की कब तक पिटाई करता! जब गधा किसी भी तरह नहीं समझा तो कुम्हार को समझना पड़ा। नमक का व्यापार बन्द करके उसने ऊन का व्यापार करने की सोची। ऊन के लिए बड़ा-सा बोरा खरीदा और उसमें ठूँस-ठूँसकर ऊन भरी। गधे की तो आदत ही वैसी पड़ गई थी। अक्ल का ठेका फकत मनुष्य ने ही तो नहीं ले रखा। पाँवों पर पानी का परस पाते ही उसे अपनी अक्ल का प्रवाह बहता-सा जान पड़ा। नदी के बीच का अन्दाज होते ही वह पानी में बैठ गया। डण्डे की मार पड़ते ही उसने खुश होकर उठने की कोशिश की। पर पीठ पर तो जैसे बोझ का पहाड़ ढह पड़ा हो। धड़ाम से वापस नीचे आ गिरा। मामूली अक्ल के बोझ के उसकी कमर टूट गई। दुनिया का वह पहला गधा था, जो मौत से नहीं अपनी अक्ल से मरा।

बनिए का चाकर

कोल्हू का बैल और बनिए का चाकर हर वक्त फिरते हुए ही शोभा देते हैं। किसी एक सुहानी वर्षा की बात है कि बादलों की मधुर-मधुर गरज के साथ झमाझम पानी बरस रहा था। चौक वाली बरसाली में सेठ जी के पास ही उनका नौकर मौजूद था। पानी बिना रुके बह रहा है और यह ठूँठ की तरह खड़ा है। कैसे बरदाश्त होता! चौक में पत्थर की पंसेरी पड़ी थी। सेठ जी इसी चिन्ता में खोए थे कि नौकर को क्या काम बताया जाए। यह तो मालिक की तरह ही आराम कर रहा है! पंसेरी पर नजर पड़ते ही तत्काल उपाय सूझा। चाकर की तरफ मुँह करके हुक्म सुनाया, ''खड़ा-खड़ा देख क्या रहा है, यह पंसेरी अन्दर ले आ। बेचारी पानी में भीग रही है।''

यह तो रास्ता ही बुरा

एक बार सोते हुए बनिए के सीने पर से चूहा निकल गया तो वह ज़ोर-जोर से चिल्लाकर रोने लगा। उसका इस प्रकार अप्रत्याशित रोना सुनकर सभी घर वाले व अड़ोस-पड़ोस के व्यक्ति घबराकर उसके पास आए। पूछा, "बात क्या हुई? भले आदमी कुछ बताओ तो पता चले, केवल बुक्का फाड़कर रोए जा रहे हो!"

बनिए ने रोते-रोते ही कहा, "मेरे सीने पर से अभी-अभी एक चूहा निकल गया!"

अनोखी बात सुनते ही सभी हँस पड़े। कहा, "तो इसमें रोने की क्या बात! एक नाकुछ चूहे से डर गए तुम? ऐसे तो बच्चा भी नहीं रोता। चार-चार बच्चों के बाप हुए हो, इस प्रकार रोते हुए तुम्हें लाज नहीं आती।" तब बनिए ने कहा, "मैं कोई चूहे के डर से नहीं रोया। एक की बजाय सौ चूहे निकल जाएँ तो मैं परवाह नहीं करता। मेरा रोना तो फकत रास्ते के लिए है। आज चूहा निकला तो कल इधर से साँप निकलेंगे। यह तो रास्ता ही बुरा है। इसी भावी आशंका से भयभीत हूँ कि कल साँपों को इस रास्ते चलते कौन रोकेगा?"

सेठ का यह विचित्र जवाब सुनकर सबके होठों पर अटकी हँसी जहाँ-की-तहाँ चिपककर रह गई, न उसे बाहर थूक सके और न भीतर निगल सके।

भलाई व्यर्थ नहीं जाती

एक मधुमक्खी को प्यास लगी तो वह सामने ही हिलोरें भरते तालाब में पानी पीने गई। मुश्किल से लहर का एक धक्का ही काफी था। सँभलकर उड़े तब तक उसके चंचल पंख भीग गए। बस, डूबने को ही थी कि एक कबूतर की नजर उस पर पड़ गई। असहाय मधुमक्खी को इस प्रकार डूबते देखा तो उसके मन में दया उमड़ आई। कबूतर जो था! जिस नीम की खोखल में मधुमक्खी का छत्ता व उसका निवास था, उसका एक चिकना पत्ता तोड़कर डूबती मधुमक्खी के पास डाल दिया। अचीता सहारा मिलते ही वह उस पत्ते पर लुढ़क पड़ी। पाँखें सूखते ही उसके लिए उड़ना सम्भव हो गया। नन्हे से प्राण क्या बचे, मानो समूचा ब्रह्माण्ड ही जी उठा हो। गुनगुनाती गुंजन से उसने कबूतर का बहुत ही आभार माना।

कबूतर ने बहुत समझाया कि इसमें आभार मानने जैसी कोई बात नहीं, पर उसकी अपनी खुशी थी और अपनी जिद थी।

उस दिन के बाद दोनों में गाढ़ी दोस्ती हो गई, जैसे दो की बजाय एक ही प्राण हों। इस बीच एक बार ऐसा संयोग बना कि दिन भर भटकने के पश्चात् एक शिकारी पूरा निराश होकर घर लौट रहा था। नीम पर कबूतर को गुटरगूँ करते देखा तो उसी को तीर का निशाना बनाना चाहा। शिकारी ने कबूतर को मारने के लिए कान तक तीर खींचा ही था कि फूलों का रस छोड़कर वह मधुमक्खी वहाँ से उड़ी। शिकारी के कान पर डंक मारा तो वह एकदम चौंका। तना हुआ तीर छूटा तो अवश्य, किन्तु कबूतर के पास होकर सनसनाता दूर जा गिरा। धनुष की टंकार व तीर की सनसनाहट सुनते ही वह उसी क्षण वहाँ से उड़ गया। मधुमक्खी के सामने विगलित स्वर में आभार प्रदर्शित करने लगा तो उसने गुंजार करते कहा, "इसमें आभार की क्या बात, तुमने मेरे प्राण बचाए तो मैं तुम्हारी मौत कैसे देख सकती थी! तुम्हारी भलाई ने ही तुम्हारे प्राणों की रक्षा की है।"

कबूतर की गुटरगूँ और मधुमक्खी का गुंजार एकाकार होकर विश्व ब्रह्माण्ड में अमृत घोलने लगे। जिसके फलस्वरूप ही समूची दुनिया नष्ट होने से अब तक बची हुई है।

सच्चाई का भ्रम

किस्मत की मारी एक बामनी ने जटिए से घरवास किया। कुण्ड में भीगे हुए कच्चे चमड़े की दुर्गन्ध से उसके नाकोंदम होने लगा। जी मितलाता, उबकाई आने लगती, सर चकराता। न पूरी भूख लगे और न रात को अच्छी तरह नींद आए। आँखें हरदम जलती रहतीं। हर वक्त नाक में इत्र के फोहे रखती और मुँह पर कपड़ा।

दिन बीतने में बरस नहीं लगते।

एक दिन बामनी ने गुमान के स्वर में जटिए से कहा, "देखी मेरी करामात! मेरे आने से तेरे घर की बदबू ही मिट गई। ऊँची जात का तो चमत्कार ही ऐसा होता है!"

पति ने तनिक व्यंग्य भरे परिहास में कहा, "बदबू तो वैसी ही है, पर तू उसकी आदी हो गई है । तेरे नाक की कोंपल इत्ती जल्दी मर जाएगी, मुझे ऐसी आशा नहीं थी। अब तो इत्र-फुलेल का खरच कम कर दे।"

"तुम मुझे अकल देने चले हो? वह तो कभी का कम कर दिया। अपने घर का भला मैं नहीं सोचूँगी तो और कौन सोचेगा?"

न जानने का अभिमान!

अच्छी तरह समझे बिना जो व्यक्ति ज्ञान का थोथा अभिमान करता है, उसकी जानकारी अंधे की उस टेढ़ी खीर से बढ़कर नहीं होती। एक जन्मांध ने फिर किसी के मुँह से खीर की अत्यधिक प्रशंसा सुनी तो उसने अचरज करते पूछा, "जिस खीर की आप इतनी तारीफ करते हैं, वह कैसी होती है?"

आँखों वाले उस आदमी को अंधे की बात बड़ी अटपटी लगी। कहा, "इसमें पूछने की क्या बात, खाकर देख ले।"

"ना, पूरी जानकारी के बगैर मैं कोई काम नहीं करता। मेहरबानी करके मुझे समझाएँ कि यह खीर क्या बला है?"

"बला? बला, फिर कैसी, खीर तो खीर ही होती है, इत्ता भी नहीं जानता?"

"तभी तो पूछ रहा हूँ। आप की तरह हम आसानी से कोई बात कैसे जान सकते हैं! हम अंधों की परेशानी तो भगवान भी नहीं जानता। शायद वह भी मेरी तरह अंधा ही हो। पर आपने तो अपनी आँखों से अच्छी तरह देख-भालकर खीर खाई होगी। फिर उसके बारे में बताना क्या मुश्किल है? आप मुझे मामूली इशारा ही कर दें तो मैं सब समझ जाऊँगा। अंधों की अकल बड़ी तेज होती है।"

आँखों वाले के सामने बड़ी विकट समस्या खड़ी हो गई कि इस अंधे को कैसे समझाए कि खीर कैसी होती है? हर चीज को देखने की इतनी बड़ी नियामत के बावजूद एक अंधे के सामने खाँमखाँ लज्जित होना पड़ेगा! मामूली माथा लड़ाते ही उसे एक बात सूझी—खीर का रंग सफेद होता है और बगुले का रंग भी सफेद होता है। जोश के साथ बोला, "खीर का रंग बगुले की तरह सफेद होता है।"

अंधे ने फिर शंका की, "और यह बगुला कैसा होता है?"

खुली आँखों को और अधिक उघाड़कर उस आदमी ने कुछ देर सोच-विचार किया। फिर कहा, "बगुले की गरदन इस तरह टेढ़ी होती है।"

"किस तरह टेढ़ी होती है, जरा और खुलासा करके समझाएँ?"

तब उसने अपनी कोहनी बगुले की गरदन के समान टेढ़ी बनाई। एकदम पास आकर बोला, "थोड़ा हाथ फिराकर समझने की कोशिश कर, सब समझ में

आ जाएगा।''

और अंधे के द्वारा तीन बार हाथ फिराते ही उसकी समझ में आ गया। अचरज प्रकट करते हुए बोला, ''तो क्या इस तरह लम्बी और टेढ़ी होती है! तब तो लोग-बाग उसकी बेकार ही तारीफ करते हैं। ऐसी टेढ़ी खीर गले में फँस जाए तो प्राण लेकर ही छोड़े। आँखों वाले शायद उसे छून-छूनकर ही खाते होंगे। पर मैं तो मरते दम तक कभी खीर नहीं खाऊँगा। भगवान आपका भला करे कि मुझे सावचेत कर दिया।''

और उस अंधे ने सचमुच ही गले में अटक जाने के डर से जीवन पर्यन्त खीर नहीं खाई। उसे अपने संकल्प की दृढ़ता पर बेहद अभिमान था।

गँवार का सपना

चार दिशाओं का मिलन असम्भव है, पर चार जातियों के चार मित्रों में गाढ़ी छनती थी। ब्यालू के बाद जिस दिन चारों की बैठक नहीं जमती उस रात उन्हें ठीक से नींद नहीं आती थी। जब-तब एक-दूजे से खुराफात या मसखरी किए बिना उनका खाना नहीं पचता था।

चौधरी तो गाँव का माना हुआ खुराफाती था। उसकी देखादेख राजपूत, बनिया और बाँभन भी मौका मिलने पर छोटी-मोटी खुराफात कर लेते थे। पर कभी मित्रों के दिलों में फर्क नहीं आया।

पानी में जैसे पानी मिलता है वैसे ही फिर एकमेक हो जाते थे। कई द्वेषप्रिय लोग कोशिश कर-करके हार गए, पर उनकी मित्रता में कमी नहीं आई। गाँव के दाने-सयाने अचरज करते थे कि ये चार दिशाएँ एक ठौर इकट्ठी हुईं कैसे। अलग जाति, अलग मत, अलग स्वभाव और अलग संस्कार!

एक बार चारों मित्रों ने पुष्कर के मेले में बैलों की चार जोड़ियाँ बेचने का इरादा किया। इसी बहाने पुष्कर के पवित्र जल में स्नान भी हो जाएगा। काम का काम और धर्म का धर्म।

बनिए ने बाढ़ से पहले मेंड़ बाँधना उचित समझा। सोच-विचारकर कहा, "दोस्ती अपनी जगह है और हिसाब अपनी जगह। घर से घर नहीं चलता। यात्रा में खाने-पीने का खर्च सब मिलकर उठाएँ तो एक पर भार नहीं पड़ेगा। बुरा मानने की बात नहीं है। मेरा कहा माना तो दोनों बखत चकाचक चूरमा खिलाऊँगा। मिर्च-मसाले और अचार से यहाँ आँतें जलाते हैं वही बहुत है। अबके पुष्कर की यात्रा में चूरमे के ठाठ होने दो। गुड़-खाण्ड का जिम्मा मेरा।"

चूरमा बनिए की कमजोरी थी। पर तीनों दोस्तों को रोज चूरमा खिलाना नहीं पोसाता। इसलिए पहले तरकीब सोची।

राजपूत की खुराक अच्छी-खासी थी। घर पर गायों-भैंसियों की कोई कमी नहीं। ऐसी यात्रा का साथ जाने फिर कब हो! सच्चे मन से बोला, "घी का जिम्मा मेरा।"

जाट कुछ कहता उससे पहले ही बाँभन बोल पड़ा, ''आटे और खाना बनाने का जिम्मा मेरा।''

तब जाट ने छाती ठोंककर कहा, ''नमक और पानी का जिम्मा मेरा।''

तीनों ठठा कर हँसे। राजपूत हँसते-हँसते ही बोला, ''क्या उम्दा जिम्मेदारी ओढ़ी है!''

चौधरी ने हँसी को रोकते हुए कहा, ''इससे बड़ी जिम्मेदारी और क्या होगी! नमक-पानी के बिना तुम्हारे घी-गुड़ धरे रह जाएँगे। सब चीजों का मोल पैसों से नहीं आँका जाता। खाने में तो स्वाद और तृप्ति ही बड़ी बात है।''

बनिए ने मुस्कराते हुए व्यंग्य से कहा, ''तब यह जिम्मेदारी मुझे ओढ़ने दे!''

जाट ने कहा, ''जिम्मेदारी ले ली सो ले ली। अब कुछ नहीं हो सकता। मुँह से निकला बोल पराया।''

राजपूत ने बहस खत्म करते हुए कहा, ''जिसने जो जिम्मा ले लिया सो ठीक है। नाज खाने से कम होता है, पर खिलाने से बढ़ता है।''

सो खरीफ से निपट कर चारों मित्र बैलों की जोड़ियाँ लेकर मेले के लिए रवाना हुए। दसेक कोस के बाद अच्छी-सी प्याऊ देखकर वहाँ रातवासा करने का निश्चय किया। खाना बनाने का जिम्मा बाँभन का था ही। वनी से सूखी टहनियाँ लाकर चूल्हा जलाया। प्याऊ में घड़े भरे हुए थे, सो चौधरी को पानी के लिए कहीं नहीं जाना पड़ा। बाँभन ने बाजरे की रोटियाँ बनाकर चकाचक चूरमा बनाया। चारों ने भरपेट खाया फिर भी चूरमा बच गया। बचे हुए चूरमे के बाँभन ने तीन बड़े-बड़े लड्डू बनाए।

चौधरी ने कहा, ''लड्डुओं का तौल तो होता नहीं। चार लड्डू होंगे तो सबेरे एक-एक लड्डू का कलेवा कर लेंगे।''

बाँभन बोला, ''फकत नमक के बदले हिस्से का हक जताना चाहता है! तू क्या समझता है तेरे जितनी ही हम में अकल नहीं! जिसे रात को सबसे अच्छा सपना आएगा वही इन लड्डुओं का हकदार होगा।''

बाकी दोनों मित्रों को बाँभन की बात जँची, पर जाट ने शंका की, ''सपने का क्या, आए और न आए।''

बनिया उसकी नकल उतारते हुए बोला, ''लड्डुओं का क्या, मिले और न मिले। एक दिन कलेवा नहीं करेगा तो मर थोड़े ही जाएगा!''

चौधरी को पीछे हटते देखा तो राजपूत और बनिए ने अदेर बाँभन की बात मान ली। अकेले चौधरी का बस नहीं चला। सपने का क्या पता चलता है! जैसा चाहेंगे गढ़ लेंगे।

दूसरे दिन चौधरी घड़ी दिन चढ़े भी नहीं उठा तो राजपूत ने उसे जगाने का सोचा। बनिए ने उसे टोका, ''ऐसा पागलपन मत करना। जगा दिया तो दुष्ट

उलटे गले पड़ जाएगा। आप ही उठने दो।''

राजपूत ने कहा, ''मुझे सपना ज्यादा देर याद नहीं रहता।''

कि तभी चौधरी ने उबासी ली और आलस मरोड़कर उठ बैठा।

सब को अपना-अपना सपना सुनाने की जल्दी थी। हरेक को यह पक्का भरोसा था कि उसका सपना सबसे अच्छा है।

यह नई युक्ति बताने वाले बाँभन को अपना सपना सुनाने की सबसे ज्यादा जल्दी थी। कहने लगा, ''महाभारत और रामायण लिखनेवाले बिरामन के सपने से लड़ाईखोर, परचूनिए और गँवार के सपने क्या खाक मुकाबला करेंगे! बिना सुने ही लड्डू खाने की इजाजत दे दो तो तुम्हारा बड़प्पन है। नहीं तो शर्त हार कर तो मानना ही है।''

बनिए ने कहा, ''नहीं, नहीं, यह नहीं हो सकता। बताए बिना पता कैसे चलेगा!''

तब बाँभन कहने लगा, ''शेषनाग की मणि मिलने पर मैं एक बावड़ी में उतरा। मणि का परस पाते ही पानी दोफाड़ हो गया। थोड़ी देर में सीधा पाताल-लोक पहुँचा। जमीन पर हीरे-मोतियों की तह लगी हुई थी। सोने के पेड़ और सोने के पत्ते। एक डाल से बँधे सूरज की किरणों के झूले पर नागकन्या सखियों के संग झूल रही थी। मुझे देखते ही नागकन्या मूर्च्छित हो गई। मूर्च्छा टूटने पर उसने शेषनाग के पाँव पकड़कर याचना की कि मुझ से ब्याह नहीं किया तो वह हीरकणि खाकर मर जाएगी। इकलौती बेटी की बात शेषनाग को माननी ही पड़ी। धूमधाम से नागकन्या के साथ मेरा ब्याह हुआ। बेशुमार हीरे-मोतियों का दहेज लेकर मैं पाताल-लोक से चलने लगा तो हजार नगारों पर एक साथ डंका पड़ा। उस जोरदार आवाज से मेरी आँख खुल गई। बताओ, कैसाक सपना आया? अब तुम बेकार जीभ को कष्ट दो तो तुम्हारी मरजी!''

बनिए ने कहा, ''यह क्या खाक सपना है! सपना तो मुझे आया। आधी रात को दूध के सरोवर में तैर रहा था कि आकाश से अप्सराओं का विमान आया। मेरे रूप का अप्सराओं पर ऐसा जादू हुआ कि चारों अप्सराएँ मुझे वरण करने के लिए तकरार करने लगीं। जब राड़-तकरार से कोई नतीजा नहीं निकला तो सबसे छोटी अप्सरा ने सुझाव दिया कि इन्द्र भगवान जो न्याय करे सो कबूल। वह अप्सरा चाँद को भी सात बार मात करे ऐसी सुन्दर थी। चारों अप्सराओं के बीच बैठते ही विमान बिजली की गति से ऊपर उठा। इन्द्र के अखाड़े का अब क्या बखान करूँ! आह! बस, देखते ही जाओ, देखते ही जाओ! उसका बखान सुनकर तुम्हें तो क्या, किसी को भी विश्वास नहीं होगा। हिंगुल का आँगन! कुमकुम की दीवारें। चाँदनी की छत। केसर की नक्काशी। हवा के पीढ़े। हजारों अप्सराएँ इन्द्र भगवान के इर्द-गिर्द नाच रही थीं। मुझे देखकर इन्द्र भगवान बहुत खुश हुए। आगे बढ़कर

मेरी अगवानी की। बार-बार गले लगाकर नेह दरसाया। नाच के बाद चारों अप्सराओं ने मुझसे शादी करने की होड़ दरसाई तो उन्होंने सबसे छोटी अप्सरा के हक में फैसला दिया। फिर तो धूप के नगारों की ऐसी धूम मची कि क्या बताऊँ! छोटी अप्सरा के हाथ का कोमल और शीतल परस होते ही मेरी आँख खुल गई। आँख खुलने पर भी काफी देर तक वह नजारा आँखों से ओझल नहीं हुआ। इतना अच्छा सपना देखने पर भी मैं शर्त नहीं जीतूँगा तो कौन जीतेगा! कहाँ इन्द्र का अखाड़ा और कहाँ बेचारा पाताल-लोक!"

राजपूत बोला, "तुम दोनों से तो मेरा सपना कहीं बढ़कर है। तुमने तो नागकन्या और अप्सरा से फकत शादी ही की, पर मैं शादी के बाद चक्रवर्ती सम्राट भी बना। सपने के झूले पर झूलता हुआ मैं अचानक एक भीड़ के बीच जा गिरा। लोगों के उस जमघट में एक हथिनी सूँड में माला लिए घूम रही थी। चारों ओर चक्कर लगाकर वह मेरे पास आई और मेरे गले में माला डाल दी। पहले से खड़े राव-उमरावों को यह नागवार गुजरा। दूसरी बार हथिनी को घुमाया तो वही बात और तीसरी बार घुमाया तो वही बात। मानो मेरे गले के अलावा दूसरा गला उसे पसन्द ही नहीं था। आखिर राजव्यास के हाथ से मेरा राजतिलक हुआ। उस राज में सदियों से यही रिवाज था। राजा के स्वर्गवासी होने पर जिस बड़भागी के गले में हथिनी माला डाले वही नया राजा। मेरे सम्मान में इक्कावन तोपें दगीं। तीसरे दिन एक राजा की राजकुमारी से मेरा ब्याह हुआ। फिर एक सौ एक तोपें दगीं। सारा ब्रह्माण्ड डगमगाने लगा। तुम सारी उम्र कमाओ तो भी हीरे-मोती जड़ी मेरी एक जूती का मोल भी नहीं चुका सकते।"

चौधरी ने ताईद की, "हाँ भाइयो, यह सपना तो सबसे अच्छा। मैं तो खुद मानता हूँ कि जैसा मैं गँवार वैसा ही नाकुछ मेरा सपना। गँवार को न तो झीनी बातें सूझती हैं। और न उसको अनहोने सपने आते हैं। यह शर्त मैं हार गया। फिर सपना बताने में क्या तुक!"

तीनों ने हठ किया, "नहीं, नहीं, हारो भले ही जीतो, सपना तो तुझे बताना ही पड़ेगा। यह तो तेरा बड़प्पन है जो तू अपनी हार कबूल कर रहा है। तुझे हमारी कसम, जैसा भी अच्छा-बुरा सपना आया, निस्संकोच बता। भला हम बचपन के दोस्तों से कैसा दुराव!"

चौधरी सिर खुजाते हुए बोला, "दुराव तो कुछ नहीं, फिर भी मेरा हाथ जोड़कर यही कहना है कि ऐसा खराब सपना न सुनो तो अच्छा है।"

बाँभन ने कहा, "अब ज्यादा नखरे मत कर!"

एक से बढ़कर एक सपने देखने वाले तीनों मित्रों को लड्डुओं से भी ज्यादा शर्त जीतने की खुशी थी। चौधरी के साथ लच्छन मुजब खूब हुई। लूण-पानी के बदले घी-खाण्ड में हिस्सा रखा! उसे दिखा-दिखाकर तीनों एक-एक लड्डू हौले-हौले

खाएँगे।

ज्यादा कोंचा तो जाट कहने लगा, "तुम तीनों दोस्तों के सपने सच हो जाएँ तो कहना ही क्या! देखो, सच हो जाने पर मुझे भूलना मत। भले कैसा ही मूढ़ हूँ, हूँ तो तुम्हारा लँगोटिया। ये नागकन्या और अप्सराएँ तो बहुत बाद में आईं।"

चौधरी की यह भोली बात सुनकर तीनों मन-ही-मन हँसे। चौधरी आगे कहने लगा, "तुम तीनों चले गए तो बिना सिर का एक राक्षस यहाँ आया।"

राजपूत ने बीच ही में कहा, "हम तो कहीं नहीं गए। यहीं तेरे पास सो रहे थे। तू डरा तो नहीं?"

चौधरी ने मुँह उतार कर कहा, "बहुत डरा! जान बच गई सो गनीमत समझो। उस बखत एक जना तो पाताल-लोक में नागकन्या से साथ मजे कर रहा था। दूसरा छोटी अप्सरा के पीछे पागल हो रहा था। और तीसरा चक्रवर्ती राजा राजकुँअरी के रूप में सुध-बुध भूला हुआ था। हरामी राक्षस की मनचाही हुई। टखनों तक लम्बे हाथ। भालू की तरह पूरे शरीर पर बाल-ही-बाल। सर की ठौर गले के बीचोंबीच एक सींग। सीने पर तीन बड़ी-बड़ी आँखें—लाल सुर्ख! देखते ही मैं थरथर काँपने लगा। राक्षस ने डपटकर कहा, "उठ!" मैं नहीं उठा तो कान पकड़कर उठाया। दुष्ट में बहुत ताकत थी। कान से जैसे अंगार छू गया। गले का सींग हिलाते हुए बोला, "चुपचाप ये लड्डू खा ले।" मैं बहुत गिड़गिड़ाया, पर वह नहीं माना। वैसे भी मुझे मीठा अच्छा नहीं लगता। पर राक्षस के डर के आगे कर ही क्या सकता था।"

बनिए ने मुँह बिचकाकर कहा, "गँवार गँवार ही रहेगा। हमें आवाज क्यों नहीं दी?" दो-तीन निःश्वास छोड़कर जाट ने कहा, "बहुत आवाजें दीं। पर ब्याह की धूमधाम, नगारों की गाज और तोपों की सलामी के बीच मेरी आवाज कौन सुनता! काँपते हुए और उबकाइयाँ खाते हुए जैसे-तैसे एक लड्डू खाया। पेट भरा हो तो लड्डू कैसे खाया जाए! पर राक्षस का डर ऐसा-वैसा नहीं होता। मैंने पैर पकड़कर माफी माँगी तो उसने मेरे मुँह पर कसकर ठोकर मारी। आँखें लाल-पीली करते हुए बोला, "ये लड्डू तो तुझे खाने ही पड़ेंगे।" फिर क्या करता! तीनों लड्डू जबरन खाने पड़े। अभी तक पेट दरद कर रहा है।"

बाँभन को अचरज हुआ, "पेट दरद कर रहा है? सपने में लड्डू खाए तब भी पेट दरद कर रहा है? सचमुच खाने पर तो जाने क्या हाल होता!"

"हाल तो बुरा ही होता। अब तो मुझे लड्डू का नाम ही नहीं सुहाता।"

राजपूत ने कहा, "अब तू ही फैसला कर दे। किस के सपने अच्छे हैं?"

चौधरी ने कहा, "मैंने तो पहले ही कहा था कि मेरे सपने में कोई दम नहीं। तुम तीनों के सपने एक-एक से बढ़कर हैं।"

बाँभन ने कहा, "हम तीनों एक-एक लड्डू का कलेवा कर लें तो तू नाराज

तो नहीं होगा।"

"मैं नाराज क्यों होने लगा भला! बार-बार निहोरे करोगे तब भी नहीं खाऊँगा।"

बनिए ने खुश-खुश कटोरदान खोला। कटोरदान एकदम खाली! अन्दर चूरमे का एक भौरा भी नहीं! ससुरा चौधरी तो फिर खुराफात कर गया।

अब कहीं तीनों को चौधरी के सपने का अर्थ समझ में आया। बारी-बारी से तीनों के उतरे हुए मुँह देखते हुए चौधरी कहने लगा, "मेरी तरह अगर तुम्हारे सपने भी सच हो जाएँ तो मजा आ जाए! मैं तो खुशी से नाच-नाचकर पागल हो जाऊँ।"

बाजरा लेगा या आटा

एक जाट बहुत सुस्त और कामचोर था। उसकी घरवाली जब-तब उसे कोंचती रहती थी, लेकिन उस पर कोई असर नहीं होता था। आखिर तंग आकर एक दिन उसने कहा, "मैं रात-दिन झाँय-झाँय करती हूँ फिर भी तुम्हारी आँख नहीं खुलती। कम-से-कम बच्चों का तो सोचो! या तो बच्चों को कुएँ में पटक दो या मेरा गला घोंट दो। फिर जो जी में आए करना। यों रात-दिन खाट ही तोड़नी थी तो शादी क्यों की? हमें किस कसूर की सजा दे रहे हो? अपने आलस के कारण हमें क्यों नरक भुगतवा रहे हो, भूखों मार रहे हो? तुम्हें जानने वाला तो तुम्हें एक अंगुल जमीन भी जोतने के लिए देगा नहीं। कल ही हलोतिए लायक बरसात हुई, पर तुम्हारी नींद उड़े तब न! अगर अब भी तुम हल्ले से नहीं लगे तो मैं कल ही बच्चों को लेकर पीहर चली जाऊँगी। फिर जो मरजी हो करना। चाहो तो दस खाट पर सोना और मजे करना। मेरा तो तुम्हारे आगे नाकों दम आ गया।"

चौधरी ने धीमे-से कहा, "मजूरी तो मैं मरकर भी नहीं करूँगा। जमीन मेरे पास एक अंगुल भी है नहीं। फिर हल क्या अपने कलेजे पर जोतूँ?"

चौधराइन ने कहा, "दो बरस से बैल खड़े-खड़े चर रहे हैं तुम्हें कुछ खयाल भी है? मैं गायों की ठीक से देखभाल नहीं करती तो तुम्हारी सारी अकड़ निकल जाती। कल ही सारे डंगर बाहर निकाल दूँगी। मुझसे अब और नहीं सहा जाता। बैठे से बेगार भली! भले ही श्मशान जोतो, पर जोतो! मेहनत कभी बेकार नहीं जाती।"

चौधरी भी समझ गया कि यह हद है। अब भी हाथ-पैर नहीं हिलाए तो भूखों मरने की नौबत आ जाएगी।

सबेरे चौधरी के उठने से पहले ही चौधराइन तासली में दही और चने की चार रोटियाँ लिए आई और बोली, "लो, कलेवा कर लो और ठण्डे-ठण्डे काम निपटा आओ। फिर धूप चढ़ आएगी।"

चौधरी आलस मरोड़कर उठा। हाथ-मुँह धोकर खुशी-खुशी कलेवा किया और हल जोत कर मुँह अँधेरे चल पड़ा।

वह सीधा श्मशान गया। श्मशान-भूमि में अनगिनत भूतों का डेरा था। तीन-चार हलायों में ही किसी की आँतें बाहर आ गईं, किसी की पसलियाँ टूट गईं तो किसी का सिर फूट गया। भूतों ने थोड़ी देर जी कड़ा करके जैसे-तैसे सहन किया। सोचा, अभी रुक जाता है, अभी रुक जाता है। पर चौधरी क्यों रुकने लगा भला! भूतों में त्राहि-त्राहि मच गई। एक बुजुर्ग भूत ने कहा, "जाकर चौधरी को रोकता हूँ, नहीं तो वह हमारा नामोनिशान मिटा देगा।"

बाकी भूतों ने दरद से तड़पते हुए कहा, "जैसा ठीक समझो, करो। हम सब तुम्हारे पीछे हैं।"

वह अगवानी बनकर चौधरी के पास गया। कहा, "चौधरी, यह क्या पागलपन कर रहा है? तेरा दिमाग तो खराब नहीं हो गया?"

चौधरी ने कहा, "उम्र में पहली बार कोई काम कर रहा हूँ और वही तुझे पागलपन दिखता है! दिन चढ़ने से पहले-पहले सारी जमीन दो बार जोत दूँगा। पर इससे तुझे क्या तकलीफ हुई सो बता?"

भूत ने सोचा, दो बार में तो यह सारी बस्ती को मटियामेट कर देगा। मूढ़ को समझाए भी तो कैसे? पगले गाँव मत जलाना कि खूब याद दिलाया। गावदी डराने से मानेगा थोड़े ही! उलटे जिद चढ़ गया तो लेने के देने पड़ जाएँगे। उस ने नरमाई से पूछा, "पर यहाँ कौन तेरे पुरखों का धन गड़ा है! पूरे गाँव की जमीन छोड़कर तू यहाँ हल जोतने क्यों आया? इस जमीन में तुझे ऐसी क्या खासियत दिखी? तू जो चाहता है तुझे यों ही दिए देते हैं, फिर तो तू हल जोतने से बाज आएगा?"

चौधरी आलसी होते हुए भी खुराफाती था। सोचा, चारेक ऊमरों में ही इतनी बात सध गई तो पूरा श्मशान जोतने से तो पता नहीं क्या होगा! पूछा, "तू कौन है? मेरी इच्छा कैसे पूरी करेगा? मुझे पूरी बात बता तभी न कुछ सोचूँगा!"

"मैं भूत हूँ। इस श्मशान-भूमि में बरसों से हमारा डेरा है। तूने हल जोतकर हमारी जड़ें हिला दीं। बता, यहाँ तेरे कितना अनाज पैदा होगा?"

चौधरी समझ गया कि डरने से बात बिगड़ जाएगी। पीठ नहीं दिखाई तो भूतों से भी कुछ ले पड़ेगा। जवाब दिया, "यहाँ कम-से-कम सौ कलसी बाजरा होगा।"

भूत ने कहा, "बिना कुछ किए ही तेरे घर सौ कलसी बाजरा पहुँचा दूँ फिर तो तू यह जमीन चीरना बन्द करेगा?"

चौधरी ने कहा, "अगर पक्का कौल करे तो क्यों नहीं करूँगा! पहले बता कि कब तक सौ कलसी बाजरा पहुँच जाएगा?"

भूत ने कहा, "अगले पखवाड़े तेरे घर सौ कलसी बाजरा पहुँच जाएगा। तू अब हल से हमारी आँतें निकालना बन्द कर!"

चौधरी ने कहा, "अभी तो तेरे कहने से रुक जाता हूँ, पर कौल पूरा नहीं हुआ तो बीस हलबाणियों का हल जोतूँगा, याद रखना!"

भूत ने पक्का वचन दे दिया। लुढ़कने का मन और तिस पर ढलान! जाट को यही तो चाहिए था! उलटे पाँव घर लौट आया।

उसे वापस आते देखकर चौधराइन ने अपना माथा ठोंक लिया। सामने जाकर उसे सख्त-सुस्त सुनाने लगी, "डाई के हाथ लगाकर वापस आ गए! मनों पसीना बहता है तब कहीं दाने हाथ लगते हैं। अब तुम जानो और तुम्हारा काम जाने, मैं तो चली। तुम्हें समझाना और दीवार से माथा फोड़ना बराबर है।"

चौधरी ने कहा, "भली मानुस, पहले पूरी बात तो सुन, क्यों बेकार थूक उछाल रही है! मेरी खेती और तरह की है। अगले पखवाड़े सौ कलसी बाजरे से आप ही भखार भर जाएँगे। थोड़ी तसल्ली तो रख!"

फिर उसने पूरी बात बताई। चौधराइन को आधा भरोसा हुआ आधा नहीं। जो हो, एक पखवाड़े तक चुप रहने के अलावा चारा ही क्या था!

और उधर भूतों के डेरे पर ऐसी खलबली मची की कुछ न पूछो! सौ कलसी बाजरे के लिए उनमें तकरार होने लगी।

संजोग की बात कि दो-तीन दिन बाद उस श्मशान-भूमि में हलके के भूतों की पंचायत हुई। बाहर से आए भूतों ने उनकी झिक-झिक, चक-चक सुनी तो पूछा, "बात क्या है, कुछ पता तो चले? तुम लोग क्यों इतने परेशान हो रहे हो?"

सारी बात सुनकर भूतों के मुखिया ने कड़कती हुई आवाज में कहा, "कैसे भूत हो तुम! एक नाकुछ आदमी से डर गए! भूतों का नाम ही डुबाया। वहीं गरदन क्यों न मरोड़ दी? मैं जाता हूँ और अभी तुम्हारा फंदा काटकर आता हूँ। कुछ तो अपनी ताकत पहचानो!"

इधर भूत यह सलाह-मशविरा कर रहे थे और उधर चौधरी एक नई मुसीबत से दो-चार हो रहा था। पिछले पाँचेक दिन से रात को एक बनबिलाव आता और सारा दही साफ कर जाता। ध्यान रखते-रखते भी पट्ठा नित हाण्डियाँ चाट जाता। चौधराइन ओरी के बाहर उसका इन्तजार कर रही थी और भीतर चौधरी उसकी ताक में मोटी रस्सी की सरकफाँसी लिए चौकस खड़ा था।

आधी रात को भूतों के मुखिया ने आले में सर घुसा कर भीतर झाँका। चौधरी ने झट सरकफाँसी उसके गले में डाली और जोर से झटका दिया। गले पर रस्सी कसते ही भूत की आँखें बाहर आ गईं। चिल्लाया, "अरे, अरे, यह क्या कर रहा है? मैं भूत हूँ और तेरे काम से ही आया हूँ।"

चौधरी ने फंदा कुछ ढीला किया। कहा, "जल्दी बता, किसलिए आया है?"

फंदा ढीला हुआ तो भूत को थोड़ा साँस आया। हाँफते हुए अटक-अटक कर कहने लगा, "मैं तो यह पूछने आया था कि सौ कलसी बाजरा लेगा या आटा?"

चौधरी मुस्कराया, "तो ऐसा बोल न! आज मेरे हाथों से तेरी मौत थी। बाहर से आवाज नहीं दे सकता था? आइंदा आले में से मुँह निकाला तो बेमौत मारा जाएगा।"

फिर सोचते हुए बोला, "बाजरे का आटा दो-चार दिन में खट्टा हो जाएगा। तू ऐसा कर कि सारा बाजरा लाकर मेरी भखारियों में भर दे। फिर जब कहूँ पीस जाया करना। बोल मंजूर?"

यह कहकर उसने फंदा थोड़ा कसा। भूत काँपते हुए बोला, "मंजूर, मंजूर! इसमें हमारा क्या जाता है! यही पूछने तो मैं आया था।"

सरकफाँसी खोलते ही भूत सर पर पाँव रखकर भागा। सारी बिरादरी उसकी बाट जोह रही थी। आते ही पूछा, "बाजरे से पल्ला छुड़ा दिया?"

उसने सिर झुकाकर हौले से कहा, "मैंने तो एक और आफत सर पर ले ली। बाजरा तो देना ही है, साथ ही वह कहे उतना बाजरा रोज पीसना होगा।"

सुनकर पूरी बिरादरी का मुँह उतर गया। तब एक बली पंच कहने लगा, "वाह क्या हिम्मत है! क्या हौसला है! भूतों के नाम पर कलंक हो तुम! यों कमजोर आदमी के दास हो गए तो हमारा जीना मुहाल हो जाएगा। मैं अभी जाता हूँ और इस मुसीबत का खात्मा करके आता हूँ। चौधरी को मच्छर की तरह मसल दूँगा।"

इतना कहकर वह भूत हवा की गति से उड़ चला। उधर चौधरी बनबिलाव को पकड़ने के लिए उसी तरह मुस्तैद खड़ा था। ओरी में घुसने के लिए उस आले के अलावा कोई रास्ता नहीं था। भूत के धीरे-से सर घुसाते ही सरकफाँसी गले में पड़ गई। झटका लगते ही सरकफाँसी खिंची और उसकी आँखें बाहर निकल आईं। चिल्लाया, "छोड़, छोड़ तेरा चाकर हूँ। मैं भूतों के डेरे से तेरे काम से ही आया था।"

चौधरी ने फंदा कुछ ढीला किया। भूत पीपल के पत्ते की तरह काँपने लगा। हकलाते हुए बोला, "मैं तो यह पूछने आया था कि रोटी बना दें तो कैसा रहेगा? इसके लिए आपकी इजाजत लेने आया था।"

चौधरी ने कहा, "इसमें इजाजत कैसी! यह तो और भी अच्छा रहेगा। अब खामखा देर मत करो। यह पूछा-ताछी छोड़ो और तुरन्त अपना वचन निभाओ। नहीं तो इस बार बीस हलबाणियों का हल लेकर आऊँगा।"

फंदा छूटते ही भूत नौ-दो ग्यारह हो गया। जैसे-तैसे श्मशान पहुँचा और पहुँचते ही बेहोश होकर गिर पड़ा। रस्सी का झटका बहुत बेजा लगा था। थोड़ी देर बाद बड़बड़ाया, "मैं तो रोटियाँ बनाने की बला भी सर पर ले आया। यह आदमी है या आफत की पुड़िया!"

भूतों की इज्जत माटी में मिल गई। दो बार नाक कटवाई। बिरादरी का सबसे बड़ा मुखिया गरजा, "लगता है मुझे ही जाना पड़ेगा। उसकी ताकत भी देखूँ जरा!

यह लगान हम नहीं चुका सकते। अगर यही हाल रहा तो कल मक्खी भी हमसे नहीं डरेगी।''

श्मशान के भूतों ने कहा, ''आप क्यों लकलीफ करते हैं! हम अपनी भुगत लेंगे। आप और कोई नई बला सर पर ले आएँगे।''

मुखिया लाल अंगार हो गया। बोला, ''तुम और मैं क्या अलग हैं। यह पूरी बिरादरी की नाक का सवाल है। इससे हम सबकी आँख नीची होती है। मैं अभी हाथोंहाथ फैसला करके आता हूँ।''

और वह तीर के वेग से उड़ चला।

जैसे भी हो उस दिन चौधरी को बनबिलाव का बन्दोबस्त करना ही था। भले ही सारी रात जागना पड़े। आज इस शैतान के ताऊ के होश ठिकाने लगाकर ही रहेगा। वह आले के पास सतर्क खड़ा था। रात तीनेक घड़ी बाकी थी कि उसे आले में कुछ घुसता नजर आया।

उसने आव देखा न ताव, झट सरकफाँसी उसके गले में डाली और दोनों हाथों से खींची। मुखिया ने सोचा आज मौत आई इसमें शक नहीं। बरजते-बरजते क्यों इस आफत को न्यौता! जोर से चिल्लाया, ''मरा, मरा मैं तो तेरे फायदे के लिए ही आया था। अरे, फंदा तो ढीला कर!''

अन्दर खींचकर चौधरी ने फंदा थोड़ा ढीला किया। बोला, ''बार-बार क्या फायदे-फायदे की रट लगा रखी है! मैं तो तंग आ गया। बता, जल्दी बता। तेरे बाप को पकड़ना तो अभी बाकी है।''

भूतों का मुखिया हाथ जोड़कर रुँधे गले से कहने लगा, ''मेरे बाप को क्यों बीच में घसीटते हो! मैं आप के बहुत काम आऊँगा। रोज बाजरे की रोटियों का चकाचक चूरमा, वह भी बरसों तक बोलो, कैसाक रहेगा! आपके हुकम की देर है। हर बरस सौ कलसी बाजरा और हर रोज घी-गुड़ का चूरमा...''

चौधरी बीच ही में बोला, ''भूतों में अकल तो रत्ती भर नहीं होती। इसमें भला पूछना क्या! तुमने क्या सोचा मैं इसके लिए मना करूँगा? अब बातें बनाना छोड़ो और फटाफट काम निपटाओ। नहीं तो ऐसे झटके दूँगा कि...''

इतना कहकर उसने जोर का झटका दिया। सिरेमुखिया को लगा कि प्राण अब निकले कि अब निकले। मुँह में तिनका लेकर बोला, ''बगसो, बगसो, अब कभी पूछने के लिए नहीं आएँगे। आप के हुकम की तामील कल ही हो जाएगी।''

श्मशान में सारे भूत बेसब्री से सिरेमुखिया का रास्ता देख रहे थे। कितनी जल्दी आता है और कितनी जल्दी खुशखबरी सुनाता है! वह जरूर चौधरी को ठिकाने लगाकर आएगा। कि तभी वह आ पहुँचा। उसके चेहरे पर हवाइयाँ उड़ रही थीं। न कुछ बोला न कुछ चाला।

धम्म-से सर के हाथ देकर बैठ गया। उसकी हालत देखकर सब समझ गए

कि वह एक और बला सर पर ले आया है।

किसी की कुछ पूछने की हिम्मत नहीं हुई। थोड़ी देर बाद एक गहरा निःश्वास छोड़कर वह आप ही कहने लगा, ''यह आदमी है कि यम! रोजाना चकाचक चूरमे और आए बरस सौ कलसी बाजरे का कौल किया तब कहीं पीछा छूटा। बच गया सो गनीमत समझो! अब तो भाइयो, जो कौल किया है वह जैसे-तैसे पूरा करना ही होगा।''

चौधराइन की चतुराई

एक ठाकुर ने तिमंजिली हवेली बनवाई। तीसरी मंजिल पर ऐसे जाली-झरोखे बनवाए कि देखते ही रहो। गृहप्रवेश का आयोजन ठाकुर ने धूमधाम से किया। गाँव के सब मोतबरों को न्यौता। गुमान से पूरी हवेली बताई। तीसरी मंजिल की मेड़ी देखकर चौधरी ने अचरज से निःश्वास छोड़ा। ठाकुर ने पूछा, "क्यों चौधरी, हवेली कैसी लगी?"

चौधरी दो-तीन बार सर धुनकर बोला, "हवेली तो नजर उतारे जैसी है। न आप ने खर्च में कोई कमी रखी और न कारीगरों ने कारीगरी में। पर एक बड़ी खामी रह गई। वह न आप के ध्यान में आई न कारीगरों के।"

ठाकुर मुस्कराया। पूछा, "वह क्या? तेरे ध्यान में आ गई तो तू ही बता दे! तू भी गाँव चौधरी है, किसी से कम थोड़े ही है!"

चौधरी ने अफसोस से सर धुना। जीभ से टिच-टिचकर के घुमावदार जीने की ओर इशारा करते हुए कहा, "गजब हो गया! बहुत बड़ी खामी रह गई। अगर इस मेड़ी में आपका दम निकल गया तो इस सँकड़े-गोल जीने से लाश बाहर कैसे निकलेगी, मुझे यही चिन्ता खाए जा रही है।"

बात हँसे जैसी थी। पर ठाकुर के डर से कोई हँसा नहीं। चौधरी की बेहूदी बात सुनकर ठाकुर के एड़ी से चोटी तक आग लग गई। गृहप्रवेश के उत्सव पर पानी फिर गया। गावदी ने ऐसे शुभ अवसर पर कैसी उलटी बात की! कड़क कर कारिन्दों से कहा, "इस गँवार को तहखाने में पटक दो! तीन दिन तक भूखा रखो, अकल ठिकाने आ जाएगी। बरसों से चौधराहट करते-करते इसके दिमाग में गरमी चढ़ गई है।"

चौधरी को तुरन्त तहखाने में डाल दिया गया।

बहुत देर हो गई चौधरी घर नहीं लौटा तो उसका बड़ा बेटा उसे बुलाने के लिए आया। पूछा तो पता चला कि काका तो तहखाने में पड़े हैं उसने ठाकुर से अरदास की। ठाकुर ने गुस्से से कहा, "उसके लच्छन ही ऐसे हैं। चौधराहट करते-करते उसका माथा खराब हो गया है।"

चौधरी के बेटे ने कहा, "काका तो बिलकुल भोले हैं। आपकी लाश की उन्हें क्या पड़ी थी! गढ़ के कारिन्दे भले ही बोटी-बोटी करके बाहर निकालते, उनकी बला से! रत्ती भर भी अकल होती तो वह इसकी चिन्ता क्यों करते!"

यह ठाकुर को और भी बुरा लगा। उसके आदेश से कारिन्दों ने उसे भी तहखाने में पटक दिया।

काफी समय निकल गया कोई खोज-खबर नहीं मिली तो चौधरी का दूसरा बेटा गढ़ में आया। सारी बात सुनकर उसने ठाकुर से हाथ जोड़कर अर्ज की, "उनकी अकल पर तो पत्थर पड़े हैं। मैं पूछता हूँ उन्हें इससे क्या वास्ता! आपकी लाश को यहीं मेड़ी में जला देंगे। उन्हें क्या पड़ी थी कि लाश कैसे बाहर निकलेगी! यहीं अन्तिम संस्कार करने से कौन रोकता है! जिस बात से उनका कोई लेना-देना नहीं उसमें टाँग अड़ाते ही क्यों हैं!"

जैसे आग में घी पड़ा। गुस्से से ठाकुर का खून खौलने लगा। इसका भी वही हश्र हुआ।

दोपहर होने को आई पर चौधरी घर नहीं लौटा। तो उसका तीसरा बेटा खोज-खबर लेने आया। ध्यान से सारी बात सुनकर वह ठाकुर से कहने लगा, "उनकी अकल तो घास चरने गई है। इतनी-सी बात भी उनकी समझ में नहीं आई कि गोल जीने से लाश बाहर निकालने की जरूरत क्या है! रस्सी से लटका कर झरोखे से नीचे उतारना कितना आसान है! पर मैं पूछता हूँ इतने अमले-फैले के रहते आपकी लाश की चिन्ता में वह क्यों दुबले हो रहे हैं!"

बारूद को जैसे अंगार छू गया। चौधरी का तीसरा बेटा भी तहखाने में दाखिल हो गया।

अबके चौधरी का चौथा बेटा हाजिर हुआ। पूछा, "काका को किस कसूर के लिए तहखाने में डाला है?"

ठाकुर ने उसे सारी बात बताई। वह सिर ठोंककर बोला, "मुझे समझ नहीं पड़ता कि वह फिजूल की बातों में माथा क्यों लड़ाते हैं! आपकी लाश चाहे मेड़ी में पड़ी सड़े उन्हें इससे क्या मतलब!"

ठाकुर के आग-आग लग गई। यहाँ तो कुएँ में ही भाँग पड़ी है। एक का भी दिमाग ठिकाने नहीं। सब एक से एक बढ़कर हैं। उसे भी बाप और भाइयों के साथ तहखाने में डलवा दिया।

आखिरकार चौधराइन के कानों में बात पड़ी। वह चारे का गट्ठर सर पर रखकर गढ़ में आई। हाथ जोड़कर ठाकुर से अरदास की, "आपके तहखाने में मेरे पाँच बैल बन्द हैं। उनके लिए चारा लाई हूँ। हुक्म हो तो दो-तीन पूले डाल दूँ?"

ठाकुर ने अचरज से कहा, "बैल तो नहीं, पर तेरे घर के पाँच जन जरूर तहखाने में हैं। उन्हें तीन दिन तक नहीं छोड़ूँगा।"

चौधराइन कहने लगी, "ऐसे गावदी आदमी की गिनती में थोड़े ही आते हैं! वे तो बैल-सरीखे ही हैं। बैलों पर गुस्सा करना आपको शोभा नहीं देता।"

ठाकुर चौधराइन की बात से बहुत खुश हुआ। चौधराइन की चतुराई से काम बन गया। ठाकुर ने तुरन्त सबको छोड़ने का हुकम दे दिया।

चौधराइन हँसती-मुस्कराती घर वालों के साथ जाने लगी तो इधर-उधर की दो-चार बातों के बाद कामदार ने चौधरी के छोटे बेटे से धीमी आवाज में कहा, "मैंने ठाकुर से तुम सबको छोड़ने का निवेदन किया था। कल कुछ मेहमान आएँगे। एक हाण्डी दही तो भेजना!"

चौधराइन ने बेटे से पूछा, "कामदार क्या कह रहे हैं?"

बेटे ने कहा, "दही की हाण्डी के लिए कह रहे हैं।"

चौधराइन ने चलते हुए कहा, "हाँ, हाँ, ले जाना। हम समझेंगे कुत्ते ही खा गए।"

बाड़े की मर्यादा

स्वालख के एक चौधरी को सुन्दर सलौने नागौरी बैलों का बहुत चाव था। फकत इसलिए नहीं कि उनके बिना खेती-बाड़ी का काम नहीं चलता। यों भी उनकी सार-सँभाल वह बड़े उत्साह से करता था। बैलों को वह अपने बेटों और भाइयों से भी अधिक चाहता था। बैलों को खिलाने-पिलाने में वह इतना दातार था कि आसपास के गाँवों में उसकी मिसाल दी जाती थी। कई लोग उससे कहते कि अगर अगले जनम में उन्हें उसका बीड़ा नसीब हो तो वे खुशी-खुशी बैल के रूप में जनम लेने को तैयार हैं। इस जनम में भी चोला बदला जा सके तो उनकी मनाही नहीं।

बैलों के लिए पक्की गडालें, पक्के ठाण और पानी की न्यारी-न्यारी कूण्डियाँ। उनके बैठने की ठौर हर तीसरे-चौथे दिन उड़ान की बारीक मिट्टी डाली जाती। ठाणों में बढ़िया ज्वार का चारा। दोनों जून तिल-बाजरे का बाँटा। चौमासे में हलोतिए के बखत दो महीने भरपूर घी। गरमियों में नित स्नान। बैल बिजली की तरह दमकते थे।

बैलों का सिंगार भी वह पूरे मन से करता था। पंचरंगे सूत की नाथें। पंचरंगे भलेवड़े। रेशमी फूँदे। सूत की रस्सियाँ। गले में रेशमी गलकोड़। नागौरी घूँघरमाल। चुपड़े सींगों के सिरों पर चाँदी के कलसिए। कटावदार झूलें। पाँवों में गुली के डोरे। पूँछ के बाल तक फूँदीबन्ध कटे हुए।

बैलों को फेरने में भी दूर-दूर तक उसका सानी नहीं था। उसके फेरे हुए बैल हल में हंस की नाईं चलते थे। पहले वह जोड़े को ढाण सिखाता था और फिर डाण्डे फेरता था। उसके बैल आदमी को देखकर दूने जोश चढ़ते थे। चौधरी के फेरे हुए बैल जाजिम के ऊपर से निकल जाते तब भी सल नहीं पड़ते थे।

बैलों के गुण-अवगुण सीखने के लिए दूर मुल्कों के व्यापारी उसके पास आते थे। उसकी बहुत ख़ुशामद करते तब वह गम्भीर बनकर कहता था, "शरीर में जितने बाल होते हैं उतने ही बैलों में अवगुण होते हैं। पारखी होना चाहिए।"

फिर वह अँगुलियों पर एक-एक अवगुण गिनाने लगता था, "फटी हुई खुरफाड़ी। एक खुरी अधिक बढ़ी हुई। एड़ी में मस्सा। कमजोर मुरचें। बारूती फटी

पिण्डली। सीधी पिण्डली। टेढ़े पाँव। खाक में पोटियाँ। बैठा चूल। पुट्ठे पर भँवरा। तीखा पुट्ठा। ढालू पुट्ठा। गोपूँछा। लम्बी पूँछ। ढाकणिया। टाचणिया। बीछूड़ा। बाण्डिया। कड़तोड़। बूँदी। स्यारा। सपणिया। ढीला अंग। मोटी चाम। लम्बे रोएँ। लम्बी तार। टेढ़ी पसलियाँ। बड़ा पेट। लम्बा मूतना। साँयला। आगे से पतला। धुब्बा। गाय सरीखी थुई। छोटी गरदन। काटले कंधे। बड़ी गलकंबल। लम्बे कान। बड़ा माथा। मिली हुई मंथुड़ी। कोल्ये सींग। टोरणिया। दुग्घिया। बेड़ाफोड़। फुरकण। केरी। भूरी आँखें। चकरिया। भूरी भौंहें। सफेद जीभ। सातलिया। मोटी दन्तराय। रसीला। जाड़ल। नेवरिया। छिटकिया। बामला। सेंकोलिया। कंबला। हंसला। कालिया। फूलिया। सांडू। माठा। तावड़िया...''

एक साँस में इतने अवगुण गिनाकर वह कहता, ''जबानी कितनेक अवगुण गिनाऊँ! वे तो मौके पर ही याद आते हैं।''

पर व्यापारियों को इतने अवगुण भी याद नहीं रहते थे। कहते, ''बस बाबा, अवगुण तो इतने ही बहुत हैं। अब कुछ गुण बताइए!''

चौधरी अपने बैलों की ओर देखकर कहता, ''तुम्हारे गुण-अवगुण के पीछे मैं इनकी ठीक से देखभाल भी नहीं कर पाता। एक-एक को कहाँ तक बताऊँ! किसी दिन सब एक साथ आ जाओ और सब कण्ठस्थ कर लो।'' फिर वह आप ही गुण बताने लगता, ''चारों धड़ सरीखे। लम्बी वेल। कसा बदन। छोटी तार। पतली गलकंबल। तीखी और बाईं बाजू झुकी थुई। थुई पर भँवरा। छोटे कान। छोटी मूँनाल। सफेद रंग। कुण्डलदार सींग। छोटी और पतली पूँछ। छोटा मूतना। चौड़ी माकड़ी। खुले क्यारे। जीभ की नोक पर सफेद दाग। नौदन्ता। चारू। छोटी खुरफाड़ी...''

बैलों के गुण बताते हुए अचानक वह रुकता और अपने बैलों की ओर इशारा करके कहता, ''मैं भी कैसा पागल हूँ! और तुम्हें भी ध्यान नहीं रहा। शिव के नन्दी को भी मात करे जैसे बैल तुम्हारे सामने खड़े हैं और तुम मुझसे गुण पूछ रहे हो! ये बैल गुणों की खान हैं। जो इनमें हैं वे गुण और बाकी सब अवगुण। इन्हें ध्यान से देखो और गुण पहचान लो!''

गणगौर पर चौधरी उत्साह से भरकर सात बहलियाँ एक साथ दौड़ाता था। इस दौड़ को देखने के लिए दूर-दूर से लोग आते थे।

चौधरी बाबा कभी-कभी गुमान के साथ ठाकुर से कहता था, ''हुकम फरमाएँ तो आप के ऊँट घोड़ों को मेरे बैलों से पीछे छोड़ दूँ।!''

ठाकुर उसे छेड़ता, ''चौधरी, इतना घमण्ड अच्छा नहीं। भगवान सब देखता है। कभी चमत्कार दिखा दिया तो सारी अकड़ धरी रह जाएगी।''

ठाकुर का कहा व्यर्थ नहीं गया। एक बार चौधरी को अपनी समधी के यहाँ रतजगे में जाना पड़ा। वह अपने बैलों को छोड़कर कहीं आता-जाता नहीं था। रात

को ठीक से सोता भी नहीं था। घड़ी-घड़ी उठकर उनकी सार-सँभाल करता था। समधी ने अधिक हठ किया तो उसे झुकना पड़ा। लेकिन बैलों की संगत ही उसके लिए सच्ची संगत थी। उसने शर्त रखी कि वह बीच-बीच में अपने बाड़े पर जाकर बैलों को सँभालता रहेगा। समधी मान गया।

चोर तो बरसों से इसी ताक में थे। मौका देखकर चौधरी के बाड़े से चार जोड़ी बैल और चार बहलियाँ ले उड़े।

घड़ी भर बाद चौधरी बाड़े में आया तो उसके देवता कूच कर गए। बाड़े में चोरों के निशान साफ दिख रहे थे। चौधरी की आँखों के आगे बिजलियाँ चमकने लगीं। बैल जाने की उसे उतनी चिन्ता नहीं थी जितनी बाड़े के मान की। वह भागा-भागा गढ़ पहुँचा। हाँफते-हाँफते ठाकुर से कहने लगा, "अन्नदाता, गजब हो गया! समधी की जिद के कारण रतजगे में गया और पीछे से चोर चार जोड़ी बैल और चार बहलियाँ ले गए। मेरे और आपके नाम में बट्टा लग गया। पीछा करके चोरों को पकड़ना है। माईबाप, जल्दी करें!"

ऐसे बखत भी ठाकुर मजाक से नहीं चूका। बोला, "कैसी बात करता है! ठिकाने के ऊँट और घोड़ों को मात देनेवाले बैलों को अब कैसे पकड़ सकते हैं! तू ही तो हमेशा बढ़-चढ़कर कहता था। अब तो सब्र करना ही ठीक है।"

चौधरी उसके पैर पकड़ते हुए बोला, "मालिक, यह मजाक का बखत नहीं है। आपको पीछा करना ही होगा। नहीं तो मैं सबेरे ही आपका ठिकाना छोड़कर चला जाऊँगा।"

ठाकुर तो ऐसे ही दिल्लगी कर रहा था। पीछा तो उसे करना ही था। नाचणा के टोले के सात उम्दा ऊँट और पीर के ताजण थराद की तीन चुनिंदा घोड़ियाँ लेकर चोरों के पीछे गए। ठाकुर और चौधरी दोनों ऊँटों पर थे। बहलियों के पहियों के निशान देखते हुए ऊँट दौड़ाए जो घड़ी भर में चोरों के पास जा पहुँचे। चोरों को पकड़ा हुआ जानकर ठाकुर ने फिर चौधरी को छेड़ा, "फिर कभी बढ़-चढ़कर बातें मत करना। तेरे मरियल बैलों को चुटकियों में पकड़ लिया।"

चौधरी के कानों में जैसे तोप छूटी। उसके कलेजे में अंगारे दहक उठे। सोचा, या तो आज घर की मर्यादा रहेगी या बाड़े की। अभी तो मुझे बाड़े की मर्यादा बचानी है। रास को झटका देकर ऊँट के एड़ लगाई तो वह ठाकुर से थोड़ा आगे निकलकर चोरों के बराबर जा पहुँचा। पूरे जोर से चिल्लाया, "बेलियो, देख क्या रहे हो! रस्सी खींचकर छिछकारी दो, छिछकारी! ये बैल ऐसे ही फेरे हुए हैं। खींचो, खींचो, छिछकारी दो! मेरे बाड़े की मर्यादा जा रही है। पकड़े गए तो तुम्हारी दुर्गति होगी और मेरे बाड़े का नाम डूबेगा।"

चौधरी की हिदायत चोरों ने साफ सुनी। फिर कैसी ढील! रस्सी खींचकर छिछकारी देते ही बैल हवा की गति से दौड़ने लगे। देखते-देखते दूरी बढ़ गई।

और बढ़ती गई।

अब कहीं चौधरी के जी में जी आया। अब किसने अपनी माँ का दूध पीया है जो उसके बैलों को पकड़ सके!

ठाकुर ने पास आकर कहा, "नादान दोस्त के रहते दुश्मन की क्या जरूरत! पगले, यह तूने क्या किया? हाथ में आए हुए चोर निकल गए!"

चौधरी गुमान से बोला, "मेरे बाड़े में पले हुए और मेरे हाथों से फेरे हुए बैल यों पकड़ में आ जाएँ तो मेरा मरण होता है। बैलों और बहलियों की परवाह नहीं, आज मेरे बाड़े की इज्जत रह गई। जीता रहा तो चार की ठौर बीस जोड़ियाँ खरीद लूँगा, पर एक बार गई इज्जत वापस कैसे आती! मालिक, मैं कोरी डींग नहीं हाँकता था। आपको तकलीफ दी, पर आज मैं बहुत खुश हूँ। आप भी अब चोरों का पीछा करने का खयाल छोड़ दें।"

ठाकुर ने बुझी हुई आवाज में कहा, "अब पीछा करने से भी क्या होगा! आज तू जितने ताने दे उतने ही कम हैं।"

जट विद्या नहीं आती

नटों के खेल का क्या कहना! देखकर भी भरोसा नहीं होता। फकत शरीर के बल पर कैसे-कैसे करतब दिखाते हैं! कैसे तो शरीर को मोड़ते हैं! कैसे इतना ऊँचा कूदते हैं! कैसे-कैसे तलवार के हाथ दिखाते हैं। हवा में कुलाचें खाते हैं। जीभ से हल रोकते हैं। सर के बालों से मनों वजन उठाते हैं। तनी हुई रस्सी पर चलते हैं। कैसे-कैसे खेल दिखाते हैं! सब विद्याओं से यह विद्या कठिन है।

एक नटनी अपने करतबों के लिए पूरे मुल्क में सरनाम थी। रियासतों के अलावा कहीं खेल नहीं दिखाती थी। राव-उमराव और राजा-महाराजा उसका खेल देखने के लिए तरसते थे। बरसों में कोई मौका हाथ लगता था। जैसे किसान बादलों की बाट जोहते हैं वैसे ही राव-राजा नटनी के खेल की बाट जोहते थे।

एक बार नटनी ने उदयपुर में डेरा डाला। राणा अरसे से उसके खेल के लिए उत्सुक था। नटनी के आने का सुनकर बहुत खुश हुआ। नटनी से कहा, "ऐसा खेल दिखा जो आज तक किसी राजा ने न देखा हो। उदयपुर सब रियासतों में श्रेष्ठ है। यहाँ का खेल भी श्रेष्ठ होना चाहिए। कोई ऐसा खेल दिखा जिसे न तो किसी ने देखा न बाद में ही कोई देखे।"

नटनी ने कहा, "हुकम, नटों के पाँव तो बाजे पर उठते हैं। मैं तो एक से बढ़कर एक खेल जानती हूँ, देखने वाले की सरधा चाहिए। आप देखना चाहें तो मैं रस्सी पर पिछोला* पार कर के दिखा दूँ!"

राणा को विश्वास नहीं हुआ। अचरज से पूछा, "क्या पिछोला?"

नटनी ने कहा, "हाँ, पिछोला! आपको दिखता है। यह पिछोला! कहें तो चार बार पार करके दिखा दूँ।"

राणा को यह असम्भव लगा। कहा, "अगर तू पिछोला को रस्सी पर एक बार भी पार कर दे तो आधा मेवाड़ तेरे नाम कर दूँगा। और अगर पार नहीं किया तो आज के बाद मेरे राज के बाहर खेल नहीं दिखाएगी।"

नटनी बोली, "अभी तो कह रहे हैं, पर फिर आधा राज देते हुए जोर आएगा।

---

* उदयपुर की प्रसिद्ध झील

अच्छी तरह सोच लीजिए!"

राणा कहने लगा, "ऐसी बातों पर मेवाड़ का राणा ज्यादा सोच-विचार नहीं करता। तू जल्दी अपना खेल दिखा।"

बात की बात में पिछोला के दो तरफ ऊँचे खम्भे गड़ गए। रस्सी बँध गई। नटनी का खेल देखने के लिए सारा नगर उमड़ पड़ा।

खेल शुरू करने से पहले नटनी ने अपने बेटे को दूध पिलाया। स्तनों में दूध आया हुआ था। पिछोला पार करने में दो-तीन घड़ी लग जाएगी। पीछे वह भूख से रोएगा।

बेटे को दूध पिलाकर नटनी ने उसे पालने में सुलाया और खम्भे पर चढ़ी। यह क्या! यह तो रस्सी पर ऐसे चल रही है जैसे जमीन पर चल रही है!! देखने वालों की साँस जहाँ की तहाँ रह गई। आँखें जैसे नटनी के पाँवों से चिपक गई हों।

राणा का दिल डूबने लगा। ठाकुर कहने लगे, "जिन्होंने अपने सर दिए उन्हें भी मेवाड़ में हिस्सा नहीं मिला और आपने नाकुछ नटनी को आधा राज देना कबूल कर लिया! अन्नदाता गजब हो जाएगा!"

राणा ने देखा कि नटनी आधेटे पहुँचने वाली है। उसकी आँखों के आगे अँधेरा छाने लगा। नटनी पिछोला पार कर जाएगी इसमें कोई शक नहीं। पार करने पर आधा मेवाड़ देना पड़ेगा। इनकार करने की कोई सूरत नहीं। मेवाड़ की आन धूल में मिल जाएगी।

पिछोला का पानी हिलोरें ले रहा था। राजा का मन लहरों के संग डूबने-उतराने लगा।

नटनी आधा पिछोला पार कर गई। ठाकुरों ने फिर कहा, "अन्नदाता, गजब हो जाएगा! मेवाड़ का भाग्य कि अब उसे नट भोगेंगे!"

जैसे पानी में डूब रहा हो ऐसे राणा ने धीमी आवाज में कहा, "अब क्या करें! मैं तो जबान में बँध गया।"

पास ही एक जाट खड़ा था। बोला, "अन्नदाता का आदेश हो तो यह तो मेरे बाएँ हाथ का खेल है।"

ठाकुर-ठेठर अधीरता से बोले, "लड़ाई में सर देने हों तो अभी दे दें, पर यहाँ हमारी अकल काम नहीं करती। जो करना हो, जल्दी कर! मेवाड़ की इज्जत अब तेरे हाथ में है।"

जाट ने कहा, "इससे इज्जत बचती है तो मैं बचा लूँगा।"

यह क़हकर वह सीधा नटों के डेरे की ओर गया।

पिछोला के किनारे पर खड़ी भीड़ अपलक नटनी को रस्सी पर चलते हुए देख रही थी। वह तो सर्र-सर्र आधे से ज्यादा पिछोला पार कर गई। उसके स्तनों

में फिर दूध उतर आया था। उसे अपने बेटे का ध्यान आया। अभी पिछोला पार करके स्तन चुँघा देगी। वह और तेज चलने लगी। पानी की कलकल के अलावा कहीं कोई आवाज नहीं थी। मानो आवाज भी नटनी का खेल देखने में मगन हो। कि सहसा किसी बच्चे के जोर से रोने की आवाज सुन पड़ी। उसने तुरन्त अपने बेटे की आवाज पहचान ली। बेटे का रोना सुनकर रस्सी पर चलती माँ का ध्यान चूका। ध्यान चूकते ही वह डगमगाई और पानी में गिर गई–छपाक! बालों का गुच्छा दो-तीन बार पानी में डूबता-उतराता नजर आया और फिर ओझल हो गया।

मछलियाँ पानी में और नट जमीन पर करतब करते हैं। नटनी को तैरना नहीं आता था। लोग उसे बचाते-बचाते तब तक उसका खेल खत्म हो गया।

उधर नटनी के शरीर से जान निकली और इधर राणा की जान में जान आई।

चौधरी वापस आया तो ठाकुर-ठेठरों ने कहा, "जिस राजा को तलवारें नहीं बचा सकीं, उसे इस जाट ने बच्चे को चिकोटी काटकर बचा लिया। उसका रोना नटनी के कान में नहीं पड़ता तो वह हरगिज नहीं लड़खड़ाती।"

राणा ने उसकी पीठ ठोंकी, "नट विद्या आ जाती है, पर जट विद्या नहीं आती। नटनी के डूबने से आधा राज बच गया। मेवाड़ की आन बच गई। मेरी नाक रह गई।"

मौके की सूझ

एक जाट ने एक बार ज्वार बोई। फसल बहुत अच्छी हुई। एक-एक बालिश्त के सिट्टे। पके हुए दाने कोड़ियों की तरह दमकने लगे। खेत के चारों कोनों में एक सरीखी हिलोरें लेती ज्वार। मानो बादलों से पानी के बहाने ज्वार बरसी हो।

आस-पास के गाँवों में अकाल पड़ा था। इसलिए चौधरी को रात-दिन रखवाली करनी पड़ती थी। गोफन सनसनाता हुआ वह खेत के चारों ओर पहरा देता था। पर एक रात आखिरी पहर उसकी आँख लग गई।

चौहदस की निर्मल चाँदनी सिट्टों के पालने में झूल रही थी। धीमी-धीमी ठण्डी बयार से वह नींद में गाफिल हो गया। इस बीच चार चोरों ने पके हुए सिट्टों की गठरियाँ बाँध लीं। वे गठरियाँ उठाकर जाने को ही थे कि चौधरी चौंककर उठ बैठा। एक हाथ में गोफन और दूसरे में लाठी लिए हुए वह उनका रास्ता रोककर खड़ा हो गया। वे चार और वह अकेला! चारों से एक साथ भिड़ना तो मूर्खता है। यह सोचकर उसने एक-एक से निपटने का निश्चय किया। हँसते हुए बोला, "खड़ी फसल की चोरी चोरी नहीं कहाती। यह तो भगवान के भरोसे है। खड़ी फसल को टिड्डी चट कर जाती है। नीलगाय खा जाती है। अधपकी फसल सूख जाती है। इन पर किसका बस चला है! मन मार कर सब्र करना पड़ता है। तुम लोग तो फिर भी आदमी हो। मुझे जगा देते तो मैं अपने हाथ से गठरियाँ बाँध देता।"

चौधरी ने देखा कि तीर निशाने पर लगा है। चोरों का डर कमोबेश दूर हो गया। बात का रुख बदलते हुए बोला, "पर चोरों की तरह छुपकर गठरियाँ बाँधना ठीक नहीं। मैं जानना चाहता हूँ कि तुम कौन जात हो?"

एक ने कहा, "मैं राजपूत।"

दूसरे ने कहा, "मैं महाजन।"

तीसरे ने कहा, "मैं बाँभन।"

चौथे ने कहा, "मैं जाट हूँ।"

खेत का मालिक राजपूत की ओर देखते हुए नरमाई से कहने लगा, "आप

तो मालिक हैं। जितना चाहें ले जा सकते हैं। यह महाजन साहूकार की जात है। इनका लेना बेहिसाब नहीं। पण्डितजी पुण्य का माँगते हैं सो सर आँखों पर। लेकिन इस जाट का क्या हक बनता है? तू पसीना बहाने आया था क्या? फिर फसल में हाथ कैसे डाला? चल, मेरी माँ के पास, तुझे उलाहना दिलवाऊँगा।''

और बाकी तीन चोरों से कहा, ''आप लोग भी माँ से मिलकर जाना, आपसे हाथ जोड़कर मेरी यही विनती है।''

तीनों ने सोचा, जाट फँसता है तो उनकी बला से। खेत के मालिक ने जाट का हाथ पकड़ा और पास ही अपनी ढाणी पर ले गया। उसी की पगड़ी से उसे एक नीम से बाँध दिया।

जाट का इन्तजाम करके वह वापस खेत पर आया। बोला, ''मेरी माँ ने कहा कि राजपूत तो हमारे मालिक हैं। चाहें तो पूरा खेत ढोर-डंगरों को चरा सकते हैं। महाजन बखत-बेबखत कर्ज देता है। गाड़ी भरकर ले जाए तब भी कोई बात नहीं। पर इस बाँभन के बच्चे ने किस कायदे से खेत में पाँव रखा? यह तो हाथ से दिया हुआ लेता है। चोरी करके आप ही गठरी बाँधने का लगान हमें नहीं पोसाता। चल मेरी माँ के पास। वह कहेगी तो एक की ठौर दो गठरियाँ बाँध दूँगा।''

फिर राजपूत और महाजन से कहा, ''मैं वापस आऊँ तब तक आप यहीं विराजें। आप को मारग तक छोड़ आऊँगा। नहीं तो रात में भटक जाएँगे।''

उन्होंने सोचा, बाँभन फँसता है तो फँसे। हमें क्या! हम पर तो आँच है नहीं। यह जाने और इसका काम जाने।

चौधरी ने उसी तरह एक खेजड़ी से बाँभन को बाँध दिया। उलटे पाँव वापस आकर राजपूत से कहने लगा, ''मेरी माँ ने कहा कि आप तो मालिक हैं। ये खेत आप ही के बगसे हुए हैं। आप हमारी बोटी-बोटी कर दें तब भी आपका एहसान नहीं उतरेगा, ज्वार-बाजरा किस गिनती में है! खेत की सारी फसल आप पर निछावर कर दें। आप लेते हैं तो हक का लेते हैं पर इस महाजन की सात पीढ़ियों ने भी हमें कभी अनाज तौला हो तो बताएँ! न यह हमारा साहूकार है और न हम इसके आसामी। इसने क्या सोचकर खेत में पाँव रखा? चल मेरी माँ के पास। वह कहे तो खुशी-खुशी गठरी ले जाना।''

फिर राजपूत की ओर देखकर बोला, ''ये चारों गठरियाँ अब आप ही ले जाना। मैं गाड़ी जोतकर पहुँचा दूँगा। थोड़ी देर तो लगेगी, इसके लिए माफी चाहता हूँ।''

इतना कहकर वह महाजन को ले गया। और दूसरी खेजड़ी के साथ उसी की पगड़ी से बाँध दिया। उसके बाद फुरती से वापस आया। और कड़कती हुई आवाज में राजपूत से कहा, ''मालिक हैं तो अपने घर पर हैं, यहाँ क्या लेने आए हैं! मालिक का काम चोरी रोकना है या चोरी करना? उनका फर्ज लोगों की रक्षा

करना है या उन्हें लूटना? क्या इसी के लिए आप मालिक कहाते हैं? बोलिए? जवाब दीजिए?''

राजपूत के कुछ कहने से पहले ही उसने लाठी का ऐसा भरपूर वार किया कि वह धरती पर आ गिरा। फिर उसे भी एक खेजड़ी से बाँध दिया। उसके बाद सब घर वालों ने चारों की जमकर कुटाई की। कई दिनों से हाथ खुजा रहे थे। छड़ियों से मार-मारकर चारों का शरीर नीला कर दिया।

आखिर चौधरी ने उन्हें खोला, कहने लगा, ''गाँव वाले पूछें कि इतने अच्छे तिलक-छापे कहाँ लगवाए तो कहना कि ठेठ द्वारिकाजी जाकर रातों-रात छापे लगवाए हैं। फिर कभी मेरे खेतों की ओर मुँह किया तो बत्तीसी तोड़कर हाथ में दे दूँगा।''

कोई बरतिया मर गया होगा

एक जाट किसी सेठ के यहाँ चाकर था। बाड़े का सारा काम उसके जिम्मे था। दोनों बखत गायों को दुहना, चारा-पानी, झाड़ू-बुहारी और उपले थापना। उसके काम में तो कोई कमी नहीं थी, पर उसकी खुराक को लेकर हवेली में रोज चक-चक होती थी। रोटियों का दो बालिश्त ढेर एक बखत भकोस जाता। कलेवा और दुपहरी अलग। रोटी-कपड़ों के बदले चाकर रहा था। सेठ कई बार मसखरी करता, "चौधरी, तू कहे तो यों ही तेरे कर्ज की फारखती कर दूँ। तेरी खुराक मुझे नहीं पोसाती।"

चौधरी जवाब देता, "अभी तो हाथ-पैर दुरस्त हैं। यों ही फारखती कैसे करवाऊँ! कौल मुजब दो बरस तो यह ठौर छोड़ूँगा नहीं।"

बात पूरी होने से पहले ही सेठ हिसाब-किताब में उलझ जाता।

सेठ के कई नौकर-चाकर थे। एक दिन एक चाकर ने जाट से पूछा, "क्यों चौधरी, आज तेरे भी ग्यारस का बरत है क्या? हो तो पहले बता दे!"

चौधरी ने कहा, "यह बरत-फरत क्या होता है ठीक से समझा तो सही!"

चाकर ने उसे बताया कि बरत क्या होता है। फिर कहा, "बरत करने से अगला जनम सुधरता है।"

चौधरी ने जवाब दिया, "यह जनम बिगाड़ कर मुझे अगला जनम नहीं सुधारना। तुम्हीं बरत करो और अगला जनम सुधारो।"

पर साँझ को बरतियों का खाना देखकर चौधरी की आँखें ललाट में चढ़ गईं। भाँति-भाँति के पकवान। भाँति-भाँति के साग। और भाँति-भाँति की सुवास। बरत नहीं करने का उसे बहुत दुःख हुआ। उसके इतना धीरज कहाँ! उस चाकर को एक ओर ले जाकर कहा, "तूने मुझे आधी बात ही बताई! अब मालूम हुआ कि बरत में इतना आनन्द है! फिर कभी बरत हो तो मुझसे पूछने की जरूरत नहीं। मैं तो रोज बरत करने के लिए तैयार हूँ।"

कुछ दिन बाद फिर बरत की बात सुनकर चौधरी बहुत खुश हुआ। अगले दिन बरत का चकाचक माल खाने के लिए उसने रात को ठीक से ब्यालू भी नहीं किया। रोज उठते ही कलेवा करने की आदत थी, पर बरत के दिन कलेवा कैसा!

घड़ी भर तो जैसे-तैसे सहन किया, पर ज्यों-ज्यों दिन चढ़ने लगा भूख के मारे चौधरी की आँतें कुलबुलाने लगीं। पेट में चूहे उछल-फाँद मचाने लगे। आँखों के आगे अँधेरा-सा छाने लगा। सूरज सर पर आया तब तक वह एकदम पस्त हो गया। आज से पहले कभी भूखा नहीं रहा था। चलने-फिरने की भी सरधा नहीं रही। बरसाती के एक कोने में घुटने मोड़ कर लेट गया।

थोड़ी देर बाद गली में कुछ कोलाहल सुन पड़ा। सेठ हिसाब करना छोड़कर बरसाती में आया। दूसरा कोई चाकर नहीं दिखा तो चौधरी से कहा, ''बाहर जाकर देख तो रे, यह शोर कैसा है? गली में इतने लोग क्यों इकट्ठे हुए हैं?''

चौधरी अधमरा-सा पड़ा था। लेटे-लेटे ही जवाब दिया, ''और क्या होगा! कोई बरतिया भूख से मर गया होगा।''

सेठ वार-त्योहार बमुश्किल हँसता था। चौधरी की बात सुनकर उसे हँसी आ गई। बोला, ''सरधा नहीं थी तो बरत रखने के लिए किसने कहा था! बीच में तोड़ने का पाप तो जरूर लगेगा, पर तू कहे तो रोटी मँगवा दूँ?''

चौधरी ने कहा, ''पाप-वाप से मैं नहीं डरता। पर यह भूख तो मेरे प्राण ले लेगी।''

चौधरी को खाना खिलाने का कहकर सेठ फिर हिसाब-किताब में डूब गया।

गुरु की सीख

एक जाट जनम से ही घोर आलसी था। काम करना तो दूर, काम के नाम से ही उसकी नानी मरती थी। जोर लगाने से चट्टान भी जगह छोड़ देती है, पर इस जाट को साँस लेने में भी आलस आता था। रोटी खाना बेगार जैसा लगता था। पर कुछ काम तो काया को टिकाए रखने के लिए करना ही पड़ता है, यह उसके बस में नहीं था। घर वालों ने उसे भला-बुरा कहने में कोई कसर नहीं छोड़ी, पर उस पर कोई असर नहीं हुआ। रोज-रोज की चिक-चिक से तंग आकर एक दिन उसने घर छोड़ दिया। कामचोरों के लिए मठ-मन्दिरों के अलावा ठौर कहाँ! संयोग की बात कि वह जिस रामदुआरे में गया उसके महन्त ने भी अपने आलस से आजिज आकर भगवा धारण किया था।

जाट ने महन्त को दण्डवत करके कहा, "महाराज, चेला बनाकर मेरी आत्मा की मुगति कीजिए। गृहस्थी के मायाजाल में मेरा मन नहीं लगता। वैराग के अलावा कुछ सूझता ही नहीं।"

महन्त ने कहा, "बेटे, अभी तेरा चढ़ता यौवन है। तुझे इस कच्ची उम्र में वैराग कैसे सूझा? क्या गौने से पहले घरवाली मर गई? या माँ-बाप देवलोक सिधार गए? या बेटे की अकाल मौत तू झेल नहीं पाया? जो हुआ साफ-साफ बता! तेरे वैराग का कारण क्या है?"

कारण हो तो बताए! जाट ने हाथ जोड़कर कहा, "महाराज, मुझमें इतनी अकल कहाँ जो वैराग के मुद्दे को समझ सकूँ! गुरु बिना ज्ञान कहाँ!"

महन्त ने देखा कि छोरा एकदम भोला है। चेला तो भोला ही भला! वह आँखें मूँद कर ज्ञान की बातें बताने लगा, "बेटे, मेरे विचार से कामचोरी और आलस से बुरा दुनिया में कुछ नहीं। कर्म सबसे बड़ा ज्ञान है। यदि तू आत्मा की मुगति चाहता है तो आलस और प्रमाद को पास ही मत फटकने देना। मेरी यह बात तूने गाँठ बाँध ली तो तेरा उद्धार हो जाएगा।"

घर छोड़ा तब भी कर्म के फन्दे ने पिण्ड नहीं छोड़ा। पर अभी विवाद करना फिजूल है। गुरु-महाराज का उपदेश चुपचाप सुनता रहा।

रात को सोते समय गुरु-महाराज ने पाँव दबाने के लिए कहा तो चेला बोला, ''आज अमावस की रात पाँव दबाने के लिए मेरी तो ना नहीं, पर आपको नरक में भी ठौर नहीं मिलेगी यह अच्छी तरह सोच लीजिएगा।''

नरक में ठौर नहीं मिलने के डर से महन्त आगे कुछ नहीं बोला। कुछ देर बाद बादलों की गरज सुनकर कहा, ''बेटे, बाहर जाकर देख तो बरसात हो रही है कि नहीं। मुझे लघुशंका के लिए बाहर जाना है।''

उसी बखत एक बिल्ली भीतर आई। चेले ने कहा, ''महाराज, इस बिल्ली पर हाथ फेरने से बरसात का पता चल जाएगा। अगर बिल्ली भीगी हुई है तो बरसात हो रही है और सूखी है तो बरसात नहीं हो रही। हाथ फेरकर देख लें।''

यह चेला तो जब्बर! कुछ समय ठहरकर महन्त ने कहा, ''बेटे, दीपक बुझा दे! मुझे प्रकाश में नींद नहीं आती।''

चेले ने तुरन्त जवाब दिया, ''महाराज, आँखें बन्द कर लें। आप ही अँधेरा हो जाएगा।''

अब इस चेले का क्या करे! महन्त ने चिढ़कर कहा, ''हवा ठण्डी है, दरवाजा तो बन्द कर दे!''

अबके चेले ने कहा, ''आप ही ने तो कहा था कि आलस महापाप है। तीन काम मैंने किए, एक तो आप भी करें। अपनी सीख आप ही भूल गए कि आलस सारी बुराइयों की जड़ है!''

मैं री मैं

एक मालदार जाट मर गया तो उसकी घरवाली कई दिन तक रोती रही। जात-बिरादरी वालों ने समझाया तो वह रोते-रोते ही कहने लगी, ''पति के पीछे मरने से तो रही! यह दुःख तो मरूँगी तब तक मिटेगा नहीं। रोना तो इस बात का है कि घर में कोई मरद नहीं। मेरी छह सौ बीघा जमीन कौन जोतेगा, कौन बोएगा?''

हाथ में लाठी लिए और कन्धे पर खेस रखे एक जाट पास ही खड़ा था। वह ज़ोर से बोला, ''मैं री मैं।''

जाटनी फिर रोते-रोते बोली, ''मेरी तीन सौ गायों और पाँच सौ भेड़ों की देखभाल कौन करेगा?''

उसी जाट ने फिर कहा, ''मैं री मैं।''

जाटनी फिर रोते-रोते बोली, ''मेरे चारे के चार पचावे और तीन ढूँगरियाँ हैं और पाँच बाड़े हैं। उनकी देखभाल कौन करेगा?''

उस जाट ने किसी दूसरे को बोलने ही नहीं दिया। तुरन्त बोला, ''मैं री मैं।''

जाटनी का रोना तब भी बन्द नहीं हुआ। सुबकते हुए कहने लगी, ''मेरा पति बीस हजार का कर्ज छोड़ गया है, उसे कौन चुकाएगा?''

अबके वह जाट कुछ नहीं बोला। पर जब किसी को बोलते नहीं देखा तो जोश से कहने लगा, ''भले आदमियो, इतनी बातों की मैंने अकेले जिम्मेदारी ली। तुम इतने जन खड़े हो, कोई तो इसका जिम्मा लो! यों मुँह क्या चुराते हो!''

सातों को गटक जाऊँ

बात में हुंकारा
फौज में नगारा।

भगवान सब को भले दिन दे। यह कहानी तो बहुत पुरानी है, पर इसे सुनने वाले और हुंकारा देने वाले हमेशा नए होंगे। बुरा भाग्य सँवर नहीं सकता और भाग्य अच्छा हो तो बाल भी बाँका नहीं हो सकता। किसी गाँव में एक जाट का खाता-पीता घर था। उसके खेतों में सबसे अच्छी फसल होती थी। धान से भरी भखारियाँ। पहाड़ सरीखे चारे के पचावे। बाड़े में वित्त-मवेशी और बैल हलके में सबसे उम्दा। नाते-बिरादरी में उधारी बिखरी हुई। घर में दूध-दही की इफरात। चौधरी खाट पर बैठा हुक्का गुड़गुड़ाता और मौज करता। कामगर हाली-मजूर। खेलता-खाता अलमस्त इकलौता बेटा। उगने-डूबने का भी ध्यान नहीं। चौधरी ने सोचा कि उम्र के साथ आप ही काम-धंधा सँभाल लेगा।

पर देखते-देखते सब उलट-फेर हो गया। हँसते-खेलते घर को नजर लग गई। बुरे दिनों की ऐसी मार पड़ी कि एक दिन चौधरी हुक्का पीते-पीते ही खाट से लुढ़का सो वापस नहीं उठा। चौधराइन गश खाकर गिर पड़ी। दो दिन से होश आया। हाथीदाँत की चूड़ियाँ तोड़कर कोने में बैठ गई।

चौधरी का हलके में नाम था। नाम के मुताबिक ही मौसर हुआ। बिखरी हुई उधारी के भरोसे चौधराइन ने बनिए से उधार लिया। बनिए ऐसे आसामियों को लक्ष्मी का अवतार ही मानते हैं। जितना माँगा उससे दूना-चौगुना तौल दिया। पाँच कड़ाह चढ़ाकर मौसर किया। अनगिनत लोग खाने के लिए आए।

बेटा भोला था। माँ कुछ समझती-बूझती थी नहीं। मौसर के बाद बनिए ने खाता लिखाया तो ऊपर की साँस ऊपर और नीचे की साँस नीचे रह गई। सारी सम्पत्ति आईवाल लिखवा कर पल्ला छुड़वाया। चौधरी खाताबही तो लिखता था नहीं, सो उसके मरने के बाद कौन आगे होकर कर्ज ओढ़ता! सब उधारी डूब गई। और बनिए के तकाजों ने जीना हराम कर दिया। समूची जायदाद वरड़े डालकर भी कर्ज नहीं चुका। देखते-देखते अच्छे-खासे घर का घरौंदा हो गया। माँ-बेटे को रोटियों

के भी लाले पड़ने लगे।

एक दिन माँ ने कहा, "बेटे, अब तो तेरा ही भरोसा है। उनके रहते तेरा अहदीपन भी अच्छा लगता था। पर अब होश नहीं सँभाला तो भीख माँगनी पड़ेगी। ज्यादा क्या कहूँ, तुझसे क्या छुपा है!"

बेटे ने कहा, "मुझे कुछ कहने की जरूरत नहीं। मैं सब समझता हूँ। पर कमाने के लिए मैं परदेश जाऊँगा। यहाँ मेरा जी नहीं लगता। तू चार घड़ी रात रहते बाजरे की सात रोटियाँ बना देना। कहीं से दही की एक हाँडी माँग लाना। और मुझे कुछ नहीं चाहिए। काका से चौगुना ठाट-बाट करके नहीं दिखाया तो मेरा नाम नहीं।"

चौधराइन की आँखों में आँसू आ गए, "समय-समय की बात है। पूरे गाँव को छाछ पूरती थी सो आज घर में तिलक लगाने के लिए भी दूध नहीं है। एक ही ठौर दस हाँडियाँ माँगूँ तब भी मुझे कोई ना नहीं करेगा। परदेश में होशियारी से रहना!"

चौधरी का बेटा दो घड़ी रात रहते बाजरे की सात रोटियाँ और दही की हाँडी लेकर रवाना हुआ।

गाँव की परली बाजू उसके साहूकार की तिमंजली हवेली थी। चौधरी का बेटा सीधा वहाँ गया और बनिए को जगाया। खूँटी पर टँगा रस्सा माँगा। ज्यादा हठ किया तो बनिए ने रस्सा दे दिया। कन्धे पर रस्से का गेड़ा लटकाकर अपनी राह लगा। रास्ते में उसे एक कछुआ दिखा तो उसे खेस के पल्ले में बाँध लिया।

गाँव से तीन कोस पर भूतों की एक बावड़ी थी। पाज पर सामान रखा और गमछा खोलकर रोटी खाने बैठा। घड़ी-अधघड़ी रात बाकी थी। रोटियाँ गिनते हुए वह जोर-जोर से कहने लगा, "एक खाऊँ? दो खाऊँ? या सातों को गटक जाऊँ?"

उसने तीन बार इस तरह जोर-जोर से कहा। उस बावड़ी में सात भूत रहते थे। सातों को गटकने की सुनकर वे थर-थर काँपने लगे। कोई भूतों का भूत आ गया दिखता है! अब मौत निश्चित है। दुष्ट सातों को खाने की सोच रहा है। भूतों के मुखिया ने थोड़ी हिम्मत रखी। डपटकर पूछा, "कौन है?"

चौधरी के बेटे ने उससे दुगुनी आवाज में उल्टा सवाल किया, "मैं कौन हूँ यह अभी पता चल जाएगा, पर तुम कौन हो?"

मुखिया ने कहा, "हम हैं भूत।"

चौधरी के बेटे ने कहा, "और मैं महाभूत! बहुत दिन हुए तुम्हें मनमानी करते हुए। आज तुम्हारी खैर नहीं।"

मुखिया का कलेजा धुक-धुक करने लगा। डरते-डरते बोला, "महाभूत हो तो अपनी निशानी बताओ! नहीं तो हम अपनी निशानी बताते हैं।"

यह कहकर उसने अपने शरीर से एक जूँ तोड़ी। उसे ऊपर उछाल कर बोला,

"हमारी जूँएँ इतनी बड़ी!"

चौधरी के बेटे ने ध्यान से देखा। जूँ मेंढ़क जितनी बड़ी थी। उसने खेस के पल्ले में बँधे कछुए को खोला और धम्म-से बावड़ी में गिरा दिया, "और मेरी जूँएँ इतनी बड़ी!"

उसे देखकर मुखिया का दिल दहल गया। हाँ, है तो कोई महाभूत। उससे आगे कुछ कहते नहीं बना। तब एक दूसरा भूत हिम्मत करके पाज पर खँखार थूककर बोला, "हमारा खँखार इतना बड़ा!"

चौधरी के बेटे ने देखा कि एक कुल्हड़ जितना बलगम। वह उनसे पीछे क्यों रहता! बावड़ी में दही की हाँडी गेरते हुए बोला, "मेरा खँखार इतना बड़ा! तुम्हारे गले में फँस गया तो बाहर नहीं निकलेगा।"

दूसरे भूत का भी दिल बैठ गया। तब तीसरे भूत ने साहस जुटाकर अपने शरीर का एक बाल तोड़ा और उसे बाहर फेंकते हुए कहा, "हमारे बाल इतने मोटे और इतने लम्बे!"

एक पुरस (साढ़े तीन हाथ) लम्बा और चिट्टू अँगुली जितना मोटा बाल था। और चौधरी के बेटे के पास था अस्सी पुरस लम्बा और कलाई जितना मोटा रस्सा! उसे अन्दर गेरते हुए बोला, "मेरे बाल तो फकत इतने मोटे और इतने लम्बे ही हैं।"

बावड़ी में गिरते ही ऐसी जोरदार छपाक की आवाज हुई कि भूत पीपल के पत्ते की तरह काँपने लगे। अब उनकी मौत कोई नहीं टाल सकता।

छपाक की गूँज थमी तो चौधरी के बेटे ने रोटियाँ गिनते हुए फिर कहा, "एक खाऊँ? दो खाऊँ? या सातों को गटक जाऊँ?"

भूतों ने फिर कोई विवाद नहीं किया। सातों को खाए बिना राक्षस का पेट थोड़े ही भरेगा! देखें, कदाच किसी लालच में आ जाए। एक भूत का गला बैठ गया हो ऐसे बोला, "हम गन्दे और बदबूदार भूतों को खाकर क्यों अपने मुँह का स्वाद खराब करते हैं। आपको चाँदी की एक कड़ाही देते हैं। उसमें आप ही मनचाहे पकवान ब़नते हैं। लाख जन खाएँ तब भी खत्म न हों।"

भूत बहुत गिड़गिड़ाए, बहुत खुशामद की तब कहीं चौधरी का बेटा माना। चाँदी की कड़ाही लेकर खुशी-खुशी घर ,की ओर चला। बावड़ी से थोड़ी दूर एक बरगद था। दिन भर उसकी छाया में बैठा रहा। वह गाँव वालों की नजरों से बचकर रात को घर जाना चाहता था।

दो घड़ी रात ढले वह कड़ाही लेकर गाँव की ओर चला। साहूकार की हवेली में उजास देखा तो कड़ाही को परखने के लिए भीतर गया। साहूकार से भूतों की बावड़ी का जिक्र तो नहीं किया, पर इच्छा दरसाते ही कड़ाही में भाँति-भाँति के पकवान आप ही तैयार हो गए। साहूकार यह माया देखकर दंग रह गया। अचरज

के बाद लालच जागा। इस कड़ाही से तो लाखों कमाए जा सकते हैं। अकाल पड़ जाए तो समूचे मुल्क को दोनों जून खिलाया जा सकता है। बरसात होने पर वसूली कर लेगा। ब्याह, मौसर, भोज-दावत वगैरा का ठेका लेकर सबको चुटकियों में निपटा देगा। खर्चा-पानी कुछ नहीं। यह कड़ाही हथिया ले तो मजा आ जाए!

चौधरी के बेटे को बहला-फुसलाकर रात को रोक लिया। चौधरी का बेटा सो गया तो चुपके से कड़ाही बदल दी। चौधरी का बेटा नींद में बेसुध खर्राटे भर रहा था।

चौधरी का बेटा मुँह अँधेरे अचकचाकर उठा। साहूकार से कुछ कहे-सुने बिना ही कड़ाही बगल में दबाई और माँ से मिलने की उमंग में घर की ओर चल दिया।

बेटे की आवाज सुनकर माँ ने अंदर दरवाजा खोला। इतनी जल्दी वापस आने का कारण पूछा। बेटे ने मुस्कराकर कहा कि उसने तो एक ही दिन में पूरी दुनिया का पेट भरे जितनी कमाई कर ली।

माँ से उसने कुछ नहीं छुपाया। सारी बात बता दी। पर माँ को विश्वास नहीं हुआ। माँ-बेटे ने खाने के लिए कई इच्छाएँ दरसाईं, पर कड़ाही खाली की खाली! बेटे का मुँह उतर गया। भूतों के छल पर उसे बहुत गुस्सा आया। वह सात रोटियाँ लेकर उसी बखत वापस चल पड़ा।

बावड़ी की पाज पर बैठकर ऊँची आवाज में कहा, "एक खाऊँ? दो खाऊँ? या सातों को गटक जाऊँ?"

भूतों को पानी में भी पसीना आ गया। डरते-काँपते बोले, "ठण्डी नजर रखें अन्नदाता! कोई कसूर हो गया हो तो फरमाएँ!"

उनकी नब्ज चौधरी के बेटे की पकड़ में आ गई थी। फिर क्यों पीछे रहता! दहाड़ा, "तुम मुझे भी धोखा देने से नहीं चूके! यहाँ से पचास-पचास कोस तक भूतों का नामोनिशान मिटा दूँगा।"

यह तो गीदड़ भभकी थी। आखिर तो उसे मानना ही था। सो इस बार सोने की मेंगनी करने वाली बकरी की वहीं परख की और उसे साथ लेकर वापस चल दिया।

साहूकार गली में ही मिल गया। मनुहार करके घर ले गया। कहा, "भले आदमी, यों घर आए बिना कैसे जाता है! तेरे-मेरे पीढ़ियों का सम्बन्ध है। दूध-दही की तकलीफ थी तो मुझे कहता! एक की ठौर सात भैंसें बाड़े में बँधवा देता। तेरे यहाँ बकरी शोभा नहीं देती।"

चौधरी के बेटे ने कहा, "यह कोई मामूली बकरी नहीं है। सोने की मेंगनी करती है।"

साहूकार ने मुँह बिचकाकर कहा, "जा रे बावले! ऐसा भी कहीं होता है!"

तब उसने कहा कि आँखों देखी बात झूठी कैसे हो सकती है!

साहूकार ने कहा, "किसी भूत-पलीत ने तेरी नजर बाँध दी होगी। बकरियाँ सोने की मेंगनी करतीं तो गड़रिए उन्हें लिए जंगल-जंगल क्यों डोलते!"

साहूकार को बकरी का चमत्कार दिखाया। बिना देखे ही उसे पूरा विश्वास था। पर मन की बात होठों पर ले आए वह बनिया ही कैसा!

रात को फिर उसने चारपाई के पाए से दूसरी बकरी बाँध दी।

घर पर माँ को चमत्कार दिखाते बखत उसे फिर नीचा देखना पड़ा। बकरी ने तो दूसरी बकरियों जैसी मेंगनी ही की।

माँ ने कहा, "बेटे, इस जमाने में आदमी का भी भरोसा नहीं, फिर भूत-पलीतों का क्या भरोसा! ये प्रपंच छोड़ और सीधे-सीधे कमाई का जुगाड़ कर। डोकरा जिन्दा होता तो मुझे ये दिन नहीं देखने पड़ते। वे दिन तो अब सपने सरीखे लगते हैं।"

लेकिन बेटे पर तो भूत सवार था। वह किसका कहा मानता भला! बिना कुछ कहे-सुने उलटे पाँव लौट पड़ा। बावड़ी की पाज पर बैठकर कड़कते हुए बोला, "एक खाऊँ? दो खाऊँ? या सातों को गटक जाऊँ?"

भूतों को डर के मारे जूड़ी चढ़ गई। एक साथ बोले, "अन्नदाता, अब क्या कसूर हुआ? अगर खाना ही चाहते हैं तो आपकी मरजी!"

चौधरी के बेटे ने गालियाँ देते हुए कहा, "चंडालो, तुम्हारी जबान का कुछ पतियारा होता तो तुम भूत क्यों कहाते! धोखा दिए जाते हो और डरते जाते हो! यह क्या तमाशा है! गुस्सा तो ऐसा आता है कि..."

भूत बीच ही में बोले, "नाकुछ भूतों पर गुस्सा करना आपको शोभा नहीं देता। एक बात बताइए, आप यहाँ से सीधे घर जाते हैं या रास्ते में कहीं रुकते हैं?"

जवाब देते समय चौधरी का माथा ठनका। कहा, "अपने साहूकार की हवेली पर पाँच-सात घड़ी रुकता हूँ, पर इससे क्या!"

भूतों ने कहा, "आज रात ही आपको इसका पता चल जाएगा। अगर कल आपको हमारा छल नजर आए तो जैसे आपका जी चाहे हमें मारना और खाना।"

इस बार भूतों ने उसे एक छैनी, एक हथौड़ा और एक काँटेदार टहनी दी। छैनी पर तीन बार हथौड़े की चोट करने से संगमरमर का सतखंडिया महल बनता है, पाँच बार चोट करने से चाँदी का और सात बार चोट करने से सोने का। काँटेदार टहनी साहूकार के छल का पता लगाएगी।

रात को चौधरी का बेटा साहूकार की हवेली के आगे-से निकला तो उसने रास्ता रोक लिया। जबरदस्ती हवेली ले गया। टाँकी-हथौड़े को देखकर कहने लगा, "भले मानुस, गाँव-चौधरी का बेटा होकर यह सिलावटों का काम कब से करने लगा?"

चौधरी के बेटे ने टाँकी-हथौड़े के गुणों का बखान किया। साहूकार ने उसकी

खिल्ली उड़ाई।

आधी रात के बाद साहूकार दबे पाँव आया और टाँकी-हथौड़े में हाथ डाला। काँटेदार टहनी ने हाथों-हाथ चमत्कार दिखाया। आप ही उसकी पीठ पर सटाक-सटाक पड़ने लगी। साहूकार चिल्लाया। चौधरी का बेटा जागा तब तक उसका पूरा शरीर बिंध गया। टहनी उसी तरह सटाक-सटाक चलती रही।

साहूकार ने आर्तनाद किया, "तेरे पाँव पड़ता हूँ चौधरी, मेरे प्राण बचा। अंग-अंग में आग लग गई है!"

चौधरी मुस्कराया, "जैसी करनी वैसी भरनी! बता, मेरी कड़ाही और बकरी कहाँ है?"

साहूकार ने कबूल किया कि यह कुकर्म उसी ने किया है। फिर बिना कहे ही दोनों चीजें लाकर दे दीं।

फिर पर भी कँटीली टहनी उसकी धुनाई करती रही। साहूकार का चीखना-चिल्लाना सुनकर घर वाले इकट्ठे हो गए।

चौधरी ने कहा, "मेरे अच्छे-भले घर को तूने बरबाद कर दिया। काका के मौसर में हड़पा माल वापस करने पर ही तेरा पिंड छूटेगा। वह माल मैं गरीबों में बाँटूँगा।"

साहूकार ने रोते-चीखते सारा माल वापस कर दिया। चौधरी ने तीन बार रुकने के लिए कहा तो टहनी रुक गई।

सवेरे बेटे ने घर जाकर माँ को चमत्कार दिखाए तो माँ की आँखें फटी की फटी रह गईं। आन की आन में सोने का सतखंडिया महल खड़ा हो गया। मंशा दरसाते ही कड़ाही में मनचाहे पकवान तैयार। बकरी सोने की मेंगनी करती। चौधरी के बेटे ने पूरे हलके का दुःख-दलिदर दूर कर दिया। सारे मुल्क में उसके यश का उजास फैल गया। माँ-बेटे जब तक जीए सुख और आनन्द से जीए।

तिनके ने घर डुबोया

एक था जाट। गुजर-बसर के लिए उसने कुछ गायें पाल रखी थीं। खेती के लिए उसके पास एक अंगुल भी जमीन नहीं थी। बिना चरणोई ज्यादा मवेशी रखना भी बस में नहीं था—पैसों का जोर चाहिए। गिनती के ढोर थे। सालोसाल बछड़े-बछड़ियाँ बेचने से कुछ पैसे मिल जाते थे। बाकी घर-खर्च घी बेचने से चलता था।

सर पर घी की हाँडियाँ रखकर चौधरी पास के शहर में बेच आता था। जैसे-तैसे घर की गाड़ी चल जाती थी। चौधराइन पूरे मन से ढोर-डंगरों की सार-सँभाल करती थी और बहुत किफायतसारी से चलती थी।

एक बार ऐसा संजोग हुआ कि देखते-देखते पासा पलट गया। एक दिन साँझ को हाँडियों में दूध ठण्डा होने के लिए रखा हुआ था। दूध पर मोटी मलाई आई हुई थी। हवा कुछ तेज चलने लगी थी। दूध में फूस-फाँटा न गिर जाए यह सोचकर चौधराइन जावन देने के लिए आई। हाँडियों को जाली के कोठलिए में रखकर ही दूसरे काम में हाथ डालेगी।

जावन देते बखत उसे एक हाँडी में मलाई पर एक तिनका नजर आया। तिनके को निकालकर फेंक ही रही थी कि सहसा रुक गई। मलाई लगे तिनके को चाट कर फेंके तो क्या हरज है!

यह बात मन में आते ही उसका हाथ आप ही मुँह की ओर चला गया। तिनके को अच्छी तरह चाटा। मलाई इतनी स्वादिष्ट होती है क्या! चौधराइन आज तक अपने मन को मारती आई थी। घर में दुधारू गायें होते हुए भी उसे दूध चखे जमाना हो गया था। पति और बच्चों को भी आधा पानी मिला दूध डालकर निपटा देती थी। उसके हिस्से में तो छाछ ही आती थी। वह जो भी रूखा-सूखा बचता खा लेती थी। पर आज तिनके को चाटने से उसका कायापलट हो गया। उसने आगा-पीछा कुछ नहीं सोचा और सारी हाँडियों की मलाई चट कर गई।

उस दिन के बाद सारी मलाई उतार कर खाना उसका नियम-सा हो गया। काँसे की तासली में सारी मलाई निकालकर चुपके से खा जाती। मलाई उतारने के बाद उतना घी कहाँ! वह देर तक बिलोती, फिर भी पहले से आधा घी भी

नहीं आता था।

चौधरी ने बिनौले और खली दूने कर दिए पर घी उतना का उतना ही रहा। दूध में कमी नहीं, गायों की खुराक में कमी नहीं, फिर घी कम क्यों आता है? उसकी समझ में कुछ नहीं आया।

बिनौले और खली की उधारी बढ़ती गई। कुछ बचत हो तो चुकाए! चौधरी दिनोंदिन बनिए की कलम के नीचे दबता गया। एक दिन उसने चौधराइन से कहा, "बात क्या है? गायों के चारे-बाँटे में कोई कमी नहीं, दूध भी उतना ही होता है, फिर घी कम क्यों आता है? कहीं कोई जादूगरनी तो मक्खन नहीं खींच लेती? मैं तो गले-गले तक कर्ज में डूब गया हूँ। थोड़े दिनों में उधार चुकता नहीं किया तो साहूकार सारे मवेशी आईवाल लिख लेगा। उससे भी रकम पूरी नहीं पड़ी तो वरड़े से भी पिंड नहीं छूटेगा। मैं तो चिन्ता से आधा हो गया। भली मानुस, कुछ चिन्ता तो तू भी किया कर! तू तो भगवान जाने कैसे दिनोंदिन मुटियाती जा रही है!"

चौधराइन का मुँह उतर गया। धीमे-से बोली, "फकत चिन्ता करने से क्या होता है! मुझे तो सारी करतूत किसी जादूगरनी की लगती है।"

चौधरी दो-तीन झाड़ागरों को लाया। कई टोने-टोटके करवाए। पर वही ढाक के तीन पात! अफीमची को जैसे अफीम की लत लग जाती है वैसे ही चौधराइन को मलाई की लत लग गई थी। मलाई के लिए उसकी रग-रग ऐंठती थी। आँतें खिंचती थीं। उसने अपने मन पर काबू रखने की बहुत कोशिश की, पर उसका बस नहीं चला।

आखिर वही हुआ जिसका डर था। साहूकार का खाता उसके सारे मवेशी डकार गया। फिर वरड़ा करने पर भी बड़ी मुश्किल से पीछा छूटा। उसके बाद दोनों धणी-लुगाई मजदूरी पर जाने लगे। तिस पर मलाई के बिना चौधराइन की हालत ऐसी हो गई कि कुछ न पूछो! मलाई की चाह के आगे उसे रोटी-पानी कुछ अच्छा नहीं लगता था। ऐसा लगता था जैसे खाद खा रही हो। क्यों तो उस दिन हवा से हाँडी में तिनका गिरता और क्यों उन्हें यह दिन देखना पड़ता! एक तिनके ने घर का सत्यानाश कर दिया। वह कुछ ही दिनों में सूखकर काँटा हो गई। जैसे सूई खा गई हो।

आखिर उससे रहा नहीं गया। एक दिन हिम्मत जुटा कर पति से कहा, "बुरा न मानो तो एक बात कहूँ! अपने अच्छे-भले घर को मैंने ही बरबाद किया है। एक नाकुछ तिनके ने घर का घरौंदा कर दिया।"

फिर उसने ब्यौरेवार सारी बात बताई। सुबकते हुए बोली, "तुम मेरी बोटी-बोटी कर दो तब भी मेरा जुरम कम नहीं होगा। आज से दूध मेरे लिए तुम्हारे खून के बराबर है। तुम जैसे भी हो फिर मवेशी खरीदो, बाकी सब मैं सँभाल लूँगी।

तिनके ने मेरी बुद्धि भ्रष्ट कर दी थी। मेरी आँखें अब खुली हैं। होनी तो होकर ही रहती है। मुझे एक मौका और दो। तुम्हारे पाँव पड़ती हूँ, मेरा इतना कहा मानो! लोगों की मजूरी से अपना पिंड छुड़ाओ!"

चौधरी ने पुख्ता हाँ की तब कहीं उसके मन को शान्ति मिली। चौधरी सोचने लगा कि ससुरे तिनके ने भी खूब की!

सौ को ले गया पंजा

एक थी विधवा बनियाइन। आगे-पीछे कोई था नहीं। औरत जात, दूसरा कोई धंधा बस का नहीं। सो गुजारे के लिए ब्याज का धन्धा करने लगी। जिसको जरूरत होती घर आकर रुपए ले जाता था। पर चुकाते बखत जरूर चक्कर लगवाते थे। जैसे-तैसे करके वह अपना खर्च अच्छी तरह चला लेती थी। उसका ब्याज औरों से कुछ ज्यादा जरूर था, पर वह किसी को मना नहीं करती थी। जो भी आता उसे रुपए दे देती थी।

एक बार एक जाट उससे कर्ज लेने आया। हाथ जोड़कर बोला, "सेठानीजी, मेरी लाज अब आपके हाथ में है। बेटी को विदा करना है। सौ रुपयों की सख्त जरूरत है। भगवान की दया से इस बरस बरसात अच्छी हुई है। फसल कटते ही आपके रुपए लौटा दूँगा। फकत एक महीने की बात है! यह फन्दा काट दो। जिन्दगी भर आपका गुन मानूँगा।"

सेठानी बहुत लालची थी। उसका ब्याज रुपयों के हिसाब से नहीं, जरूरत के हिसाब से होता था। जाट यह जानता था। जेब से पाँच रुपए निकालकर बोला, "यह लो एक महीने का पेशगी ब्याज और जल्दी से मुझे सौ रुपए दो! मैं समझूँगा आपने मुझे नया जन्म दिया।"

सेठानी ने नए जन्म की बात पूरी सुनी ही नहीं। पर पाँच रुपए देखते ही वह सब समझ गई। पाँच का ब्याज और वह भी पेशगी! तुरन्त सौ रुपए गिन दिए। जाट उसका बहुत-बहुत एहसान मानता हुआ चला गया।

अगले दिन घड़ी दिन चढ़े वह फिर आया। सफेदझक नई चवन्नी देते हुए कहने लगा, "आपके सौ रुपयों से सारा काम निपट गया। फकत पाँच रुपए और चाहिए। खलिहान पर ये पाँच रुपए भी लौटा दूँगा। यह लो ब्याज की पेशगी चवन्नी और फटाफट पाँच रुपए दो! बारात चलने के लिए तैयार खड़ी है। बेटी को विदा करना है।"

चवन्नी का ब्याज सुनकर सेठानी ललचा गई। मन ही मन खुश हुई कि यह आसामी खूब मिला! बेचारा पेशगी ब्याज देता है। उसने उसे झट पाँच रुपए दे

दिए।

उस दिन के बाद जाट ने बनियाइन के घर का रुख ही नहीं किया। बनियाइन खलिहान निकलने से पहले दो-तीन बार जाट को याद दिलाने गई, पर उसने बहुत ठण्डा जवाब दिया। हाँ-हूँ, हाँ-हूँ करता रहा। खलिहान भी निपट गया, पर उसने पैसे लौटाने का नाम नहीं लिया। चक्कर लगा-लगाकर बनियाइन के पाँवों में छाले पड़ गए। पर जाट को क्या परवाह!

एक दिन सेठानी ने तंग आकर चिढ़ते हुए कहा, "राममार्या, उस दिन तो कह रहा था कि खलिहान निकलते ही पैसे लौटा देगा, उम्र भर गुन मानेगा और अब सीधे मुँह बात ही नहीं करता! मेरे बीर, तू गुन-एहसान रहने दे, बस मेरे पैसे लौटा दे, तेरी बड़ी मेहरबानी होगी। तेरे घर के हजार चक्कर लगा चुकी हूँ, कुछ तो शरम कर!"

जाट ने ढीठता से कहा, "सेठानी, तूने रुपए मेरी जरूरत देखकर नहीं, पेशगी ब्याज देखकर दिए थे। अब कान खोलकर सुन ले–

सौ को ले गया पंजा, पंजे को ले गया पाव,
अब तो हे बनियाइन, तू आव भले ही जाव।"

चिलम का कस लगाकर वह आगे कहने लगा, "रास्ते पर चलने की किसी को मनाही नहीं है, जी भर कर चक्कर लगा। पर तुझे देने के लिए मेरे पास कानी कौड़ी भी नहीं है। सवा पाँच रुपए थे सो तूने पेशगी ब्याज के ले लिए।"

सौ का भाई साठ

एक बनिया एक जाट से सौ रुपए माँगता था। जाट की साख अच्छी नहीं थी। बस चलते लिया हुआ रुपया वापस नहीं देता था। हर बार कोई न कोई बहाना गढ़ लेता था। एक बार बनिए ने ज्यादा तकाजा किया तो जाट ने कहा, "बही लेकर घर आ जाना। आज हिसाब साफ कर दूँगा। बहुत दिन हुए आपको चक्कर लगाते हुए।"

सेठ खुशी-खुशी बही लेकर उसके घर गया। सोचा, आज चौधरी को जब्बर सुमत सूझी! सनकी के जँच गई सो भली!

जाट ने सेठ के पास खड़े होकर कहा, "क्यों सेठजी, मेरे खाते में सौ रुपए बोलते हैं न? आज एक-एक पाई चुका देता हूँ। देखो, ठीक से हिसाब साफ करना!"

फिर अँगुलियों पर जोड़-बाकी करते हुए बोला–

"सौ का भाई साठ
आधे गए भाग
दस दूँगा, दस दिलाऊँगा
और दस का क्या लेना-देना!

बोलो, हिसाब साफ हुआ कि नहीं? चलो, अब बच्चों का मुँह मीठा कराओ! बहुत दिनों के बाद वसूली हुई है।"

यह सुनकर बनिए से भी हँसे बिना नहीं रहा गया। जाट का एक छोरा पास ही खड़ा था। बोला, "क्यों काका, आज सेठजी बहुत खुश दिख रहे हैं!"

जाट ने कहा, "आज खुश नहीं होंगे तो कब होंगे! पूरे सौ रुपयों का हिसाब साफ किया है! अब भी तेरा मुँह मीठा नहीं कराएँ तो इनकी मरजी।"

साधु की कमाई

एक जाट बैलगाड़ी से कहीं जा रहा था। रास्ते में उसे एक साधु मिला। चौधरी भला था। गाड़ी रोकते हुए कहा, "महाराज, जय रामजी की! गाड़ी के रहते आप पैदल क्यों जा रहे हैं! रास्ता आराम से कटे उतना ही अच्छा। आइए, गाड़ी पर बैठ जाइए! आपकी संगत से मुझे भी थोड़ा धरम-लाभ हो जाएगा।"

महाराज के पास एक वीणा थी। पहले उसे गाड़ी पर रखा और फिर खुद भी बैठ गया।

चौमासे के कारण रास्ता बहुत ऊबड़-खाबड़ था। हिचकोलों से गाड़ी का चूल-चूल हिल गया।

चौधरी ने बैलों को पुचकारकर रास खींची। नीचे उतरकर देखा—पहिए की पुट्ठियाँ खिसककर बाहर निकल आई थीं। ठोंकने के लिए और कुछ नहीं दिखा तो उसने महाराज की वीणा उठा ली। एक तरफ बड़ा-सा तूंबा देखकर उसे लगा यह ठोंकने के लिए अच्छा औजार है। उसने पूरे जोर से पुट्ठी पर वीणा का प्रहार किया। तूंबा भीतर से थोथा था। पुट्ठी और पाचरे पर पड़ते ही उसके परखच्चे उड़ गए। चौधरी ने महाराज को उलाहना दिया, "वाह महाराज, सारी उम्र भटककर एक ही औजार सहेजा और वह भी थोथा! आपकी इस भगति में मुझे तो कोई सार दिखा नहीं।"

जीभ का रस झरता है

एक चौधरी जबान का बहुत कड़वा और फूहड़ था। सीधे-सीधे बोलना तो जैसे जानता ही न था। इसलिए गाँव के लोग उससे कन्नी काटते थे।

कोई गलती से पूछ बैठता कि चौधरी खड़ा है? तो वह जवाब देता, "तुझ में सरधा हो तो गिरा दे!"

कभी कोई पूछता, "चौधरी बैठा है?" तो वह जवाब देता, "तुझे नहीं सुहाता तो लुढ़का दे।"

कभी कोई पूछता, "चौधरी सो रहा है क्या?" तो वह कहता, "दिनमान ठीक है और साँसें बाकी हैं तब तक तो सोता रहूँगा, किसी के मारे नहीं मरूँगा।"

एक बार उसकी घरवाली ने यों ही कहा, "बैठे हैं क्या?"

वह मुस्कराकर बोला, "मैं बैठा हूँ तभी तक तू केसरिया-कसूंमल ओढ़ रही है, नहीं तो रंडापा भुगतना पड़ेगा।"

एक बार एक पर-गाँव वाले ने पूछा, "चौधरी क्या बोया?"

"पत्थर।"

"उगा क्या?"

"गूमड़ा।"

"पैदा क्या हुआ?"

"खून और मवाद।"

भगवान जाने उसके दिमाग में काहे की अकड़ और ऐंठ थी! वह बोलता क्या था लट्ठ मारता था।

एक बार वह बैलों की जोड़ी लेने के लिए मेले में जा रहा था। सर पर बाजरे की गठरी। रात को एक गाँव में किसी जाट की झोंपड़ी के आगे रुका। चौधराइन से भरसक नरमाई से कहा, "थोड़ा बाजरा देता हूँ, मेरे लिए खीच बना दे। कभी मेरे गाँव आना हुआ तो वापस सेवा कर दूँगा।"

चौधराइन भली थी। कहा, "जात भाई हो। इसमें कौन मेरे हाथ घिसते हैं! बाजरा नहीं होता तब भी घर आए को भूखा थोड़ा ही भेजती!"

उसने खीच के लिए चूल्हे पर पानी रखा। फिर ओखली में बाजरा कूटकर हाँडी में डाल दिया।

झोंपड़ी के पास गडाल में भैंस बँधी थी। उसके सींग बहुत लम्बे थे। चौधरी बड़ी मुश्किल से इतनी देर चुप बैठा रहा। भैंस को देखते ही उसके दिमाग में कीड़ा कुलबुलाने लगा। अब उसके लिए जब्ज करना मुश्किल हो गया। बोला, "माँजी, यह फींडसींगी बूढ़ी खाल अगर गडाल में मर गई तो बाहर कैसे निकालोगे?"

चौधराइन ने कहा, "भले मानुस, शुभ-शुभ बोल! साँझ की वेला क्यों कुबोल निकालता है! तुझे यह बूढ़ी खाल दिखती है? ग्यारह सेर दूध की गोवणी भरती है!"

चौधरी ने कहा, "तू शायद यह बूढ़ी खाल बेचना चाहती है, पर मैं ऐसा पागल नहीं। तू ग्यारह सेर दूध की बात करती है, पर इसे चीरें तो पाँच सेर खून भी नहीं निकलेगा।"

चौधराइन ने सोचा, कौन मूरख से माथा लगाए! वह अपने काम में रुँध गई।

कुछ देर बाद चौधराइन की बेटी आई। उसके हाथों में हाथीदाँत की चूड़ियाँ देखकर बोला, "हाथों में यह सफेद हड्डियाँ क्यों पहन रखी हैं?"

चौधराइन को बुरा लगा। कड़ककर बोली, "तेरी जबान में कीड़े पड़ें, असली हाथीदाँत की चूड़ियाँ तुझे हड्डियाँ नजर आती हैं! पूरे तीन बीसी रुपए दिए हैं!"

चौधरी ने कहा, "राम, राम, ये तीन बीसी रुपए पानी में क्यों बहाए! अगर इसका आदमी मर गया तो ये चूड़ियाँ क्या काम आएँगी।"

यह बात सहन करे जैसी नहीं थी। बेटी के बारे में ऐसी बात सुनकर वह आग बबूला हो गई। गालियाँ देते हुए बोली, "लच्छन तो ऐसे हैं कि हरामी के मुँह में अंगारे ठूँस दूँ।"

फिर वह हाँडी को ओढ़ने के पल्ले से पकड़कर उसके पास आई। बोली, "लेना हो तो यह अधपका खीच खेस में ले ले, नहीं तो मैं जमीन पर गेरती हूँ।"

चौधरी ने कहा, "बड़ी आई जमीन पर गेरने वाली! तू खेत में पसीना बहाने आई थी क्या! खेस की गठरी बँधी हुई है दिखती नहीं? मेरी धोती के पल्ले में डाल दे, कोई दूसरा घर देखूँगा।"

बड़बड़ाहट करती चौधराइन ने अधपका खीच उसकी धोती के पल्ले में डाल दिया। कहा, "अब मुँह काला कर यहाँ से!"

चौधरी ने सर पर बाजरे की गठरी रखी और एक हाथ में धोती के पल्ले में अधपके खीच को उठाए वहाँ से चल पड़ा। धोती के पल्ले से खीच का पानी झर रहा था। रास्ते में लोगों ने पूछा, "अरे चौधरी, तेरी इस पोटली से क्या झर रहा है?"

चौधरी ने कहा, "झर रहा है मेरी जीभ का रस! चाटने की इच्छा हो तो संकोच मत करना!"

एक-दो नाम कालिये के भी ले ले

एक बार एक जाट को काले साँप ने काट खाया। झाड़-फूँक के लिए वह झाड़ागर के पास गया। झाड़ागर गेहुएँ साँप का जहर उतारने का एक रुपया लेता था और काले साँप का जहर उतारने के पाँच रुपए। जाट बहुत कंजूस था। सोचने लगा, झाड़-फूँक सब बराबर हैं। दुनिया को ठगने के लिए झाड़ागर ढोंग करते हैं। ये तो फकत रुपए ऐंठने के गुर हैं।

झाड़ागर को एक कलदार रुपया देते हुए जाट ने कहा, "गेहुँअन ने काटा है। बढ़िया झाड़ा लगा दे।"

झाड़ागर ने झाड़ा लगाना शुरू किया तो जाट के मन में डर ने सर उठाया, "क्या मालूम अलग-अलग झाड़े होते हों? डसा तो काले ने है, गेहुँअन का नाम तो झूठ ही लिया। झाड़े का असर नहीं हुआ तो नाहक मारा जाऊँगा।" पर कंजूस आदमी चार रुपए ज्यादा दे भी तो कैसे? वह एक रुपए में ही काम सारना चाहता था। कहने लगा, "भाई, देखा तो गेहुँअन ही था, पर आँखों का क्या भरोसा! भूल-चूक भी हो सकती है। तेरा क्या खर्च लगता है, एक-दो नाम कालिये के भी ले ले!"

हरड़ धम्म

एक ठाकुर पूरी बोतल चढ़ाकर महल से उतर रहा था। सीढ़ियाँ काफी थीं। तलवार और दारू से कौन है जो नहीं गिरता! हाथी भी इनके सामने टिक नहीं सकता। फिर आदमी की क्या बिसात! ठाकुर थोड़ा डगमगाया और गड़िंद-गड़िंद सीढ़ियों से लुढ़कने लगा।

नीचे चौक में नौकर-चाकर, कारिन्दे और कामदार खड़े थे। ठाकुर एक-एक सीढ़ी लुढ़कता जा रहा था और नीचे खड़ा अमला जोर से बोलता जा रहा था, "जय हो! जय हो!"

सीढ़ियों पर ठाकुर के गड़िन्दे और नीचे 'जय हो, जय हो' की रणकार।

सीढ़ियों के अधबीच में ठाकुर थोड़ा टेढ़ा हुआ और सीधे जमीन पर आने लगा तो एक जाट जोर से बोला, "हरड़ धम्म!"

इधर जाट का 'हरड़ धम्म' कहना हुआ और उधर ठाकुर धड़ाम-से जमीन पर आ रहा। उसके बाद वह हिला ही नहीं।

सब लोग जाट को फटकारने लगे, "मूरख! गँवार! उज्जड़ कहीं का! शरम नहीं आती? अन्नदाता गिरे तो तूने 'हरड़ धम्म' क्यों कहा? जरा भी शऊर नहीं!"

जाट ने जवाब दिया, "तुम्हारी बेचारी 'जय हो, जय हो' से तो कुछ हुआ-हवाया नहीं। ठाकुर गिरते ही गए। पर मेरे 'हरड़ धम्म' के बाद हिले ही हों तो कहो? फिर तुम्हारी 'जय हो' बड़ी हुई या मेरी 'हरड़ धम्म'?"

मैं पड़ी चूल्हे में

एक था जाट। सीधा-सादा। वह अपनी घरवाली का बहुत ख्याल रखता था। उसके नाज-नखरे उठाता था। जाटनी थी घाघ। पति का ऊपरी मान रखती थी। उसके दिखावा बहुत था। खाना खाते बखट जाट देखता कि रोटियाँ और साग कम है तो बीच ही में उठ जाता। कहता, "मैंने सब खा लिया तो तू क्या खाएगी! फिर चूल्हा जलाना पड़ेगा। मेरा तो पेट भर गया।"

जाटनी कहती, "मैं पड़ी चूल्हे में। मेरी फिक्र मत करो। एक जून नहीं खाऊँगी तो मर नहीं जाऊँगी। मुझे तो भूखे रहने की आदत है।"

कभी राब, रायता वगैरा कम देखता तो जाट कहता, "बस, मुझे और नहीं चाहिए। फिर तू क्या खाएगी!"

जाटनी का हमेशा एक ही जवाब होता, "मैं पड़ी चूल्हे में।"

जाट अक्सर देखता था कि कभी रोटियाँ नहीं हैं तो कभी साग खत्म हो गया। जाटनी दूसरी बार चूल्हा जलाती नहीं थी। जाट जिद करता तो कहती, "कौन धुआँ-फूँका करे! मैं पड़ी चूल्हे में। सौ बार कहा है कि मेरी चिन्ता मत किया करो। चार दिन नहीं खाऊँगी तो मर थोड़े ही जाऊँगी।"

एक दिन संयोग ऐसा हुआ कि चिलम की कंकरी लुढ़ककर चूल्हे के नीचे चली गई। जाट चूल्हे के नीचे कंकरी टटोल रहा था कि उसका हाथ किसी बरतन से टकराया। बरतन बाहर निकाला तो क्या देखता है कि एक बड़ी तासली बाजरे की रोटी के चकाचक चूरमे से भरी हुई है!

जाटनी बाड़े में चारे-पानी के लिए गई हुई थी। घी और मालवी गुड़ का चूरमा। जाट सारा चूरमा चट कर गया। खाकर तासली वापस चूल्हे के नीचे सरका दी। तो यों यह रोज चूल्हे में पड़ती है! वह सोचता था भूखी रहकर भी ससुरी दिनोंदिन मुटिया कैसे रही है? अब पता चला!

जाटनी चारे-पानी से निपटकर आई तो बोली, "आओ, खाना खा लो! पहले ही बहुत देर हो गई।"

जाट ने कहा, "आज रोटियाँ बहुत कम लगती हैं, पहले तू खा ले। बच

गईं तो मैं भी खा लूँगा। वैसे भी मुझे कोई खास भूख नहीं है।''

जाटनी ने वही रटा-रटाया जवाब दिया, ''तुम्हें हजार बार कहा है मेरी फिक्र क्यों करते हो! मैं पड़ी चूल्हे में।''

जाट ने हँसकर कहा, ''आज तेरे बदले मैं चूल्हे में पड़ गया। आज पता चला कि चूल्हे में पड़ने का तो स्वाद ही अलग है। खानी हो तो बाजरे की रोटी खा ले, नहीं तो चूल्हे में पड़ने के भरोसे भूखी रह जाएगी।''

सुनते ही जाटनी का मुँह उतर गया। सर झुकाए हुए चुपचाप खड़ी रही। जाट ने कहा, ''ठहर, आज मैं तुझे अच्छी तरह चूल्हे में पटकता हूँ।'' यह कहकर उसने जाटनी की खूब धुनाई की। बोला, ''आज के बाद फिर कभी चूल्हे में पड़ी तो मैं तुझे कुएँ में पटक दूँगा। बहुत दिन हुए तुझे घर बर्बाद करते हुए। बोल, फिर कभी चूल्हे में पड़ेगी?''

जाटनी सुबकते हुए धीरे से बोली, ''नहीं पड़ूँगी।''

ठाकुर का आसन

गढ़ के बड़े चबूतरे के ऊपर संगमरमर के नक्काशीदार मयूरासन पर ठाकुर बैठा था। चबूतरे पर सुरंगा कश्मीरी गलीचा बिछा था।

पास ही फर्श पर एक चौधरी बैठा था। ठाकुर बिना बात ही भगवान जाने आज क्यों बहुत खुश था।

मूँछों पर ताव देते हुए चौधरी से मसखरी के सुर में कहा, ''चौधरी, मैं मयूरासन पर बैठा तो तू फर्श पर बैठ गया। अगर मैं फर्श पर बैठ जाऊँ तो तू कहाँ बैठेगा?''

चौधरी ने हाथ जोड़कर कहा, ''हुकम, आप फर्श पर बिराजेंगे तो मैं चबूतरे के नीचे जमीन पर बैठ जाऊँगा। मुझे आप से नीचे ही बैठना पड़ेगा।''

ठाकुर बोला, ''तू नीचे ही बैठेगा इसका क्या माने? अगर मैं जमीन पर बैठूँ तो तू कहाँ बैठेगा?''

चौधरी ने कहा, ''जमीन पर बैठें आपके बैरी-दुश्मन। जमीन पर बैठने के लिए तो हमीं बहुत हैं। पिछले जनम में आपने अच्छे करम किए इसलिए आप के नीचे तो हमेशा आसन रहेगा।''

ठाकुर ने कहा, ''नहीं रे पगले, मान ले कभी ऐसा मौका आ जाए। तू टाल-मटोल मत कर, साफ-साफ बता! अगर मैं जमीन पर बैठा तो तू कहाँ बैठेगा?''

चौधरी मुस्कराकर बोला, ''हुकम, अगर आप जमीन पर बैठे तो मैं थोड़ा खड्डा खोदकर नीचे बैठ जाऊँगा।''

ठाकुर ने पूछा, ''चौधरी, अगर मैं खड्डे में बैठ गया तो तू कहाँ बैठेगा?''

चौधरी गताघम में पड़ गया। थोड़ी देर सोचकर जवाब दिया, ''अगर आप खड्डे में बैठे तो मैं थोड़ी मिट्टी हटाकर और नीचे बैठ जाऊँगा।''

ठाकुर ने फिर माथा लड़ाया। बोला, ''पर चौधरी, अगर मैं वहाँ बैठ गया तो तू कहाँ बैठेगा?''

चौधरी बोला, ''मैं उससे भी गहरे खड्डे में बैठ जाऊँगा। आपका आसन तो हमेशा ऊँचा ही रहेगा सरकार!''

पर ठाकुर को तसल्ली नहीं हुई। कहा, "पर चौधरी, मैं उस गहरे खड्डे में बैठ गया तो तू कहाँ बैठेगा?"

इन बेहूदा सवालों से चौधरी तंग आ गया। ढीठता से बोला, "मैं बार-बार कह रहा हूँ कि आप ऊपर ही बिराजें। पर आप गहरे खड्डे में ही बैठना चाहें तो आपकी मरजी! मैं उसमें रेत डालकर ऊपर बड़ी शिला रख दूँगा।"

ठाकुर का भूत

एक गाँव का ठाकुर तो छोटा ही था पर उसकी ठकुराई बड़ी थी। बड़े ठिकानों की देखादेख उनके रहन-सहन की होड़ करने से प्रजा की मुसीबत और बढ़ गई। बेठ-बेगार, लगान और हिस्सा बहुत अधिक। लोगों का जीना मुहाल हो गया। पर पुरखों का गाँव छोड़कर जाएँ भी तो कहाँ! न उतनी हिम्मत ही थी। ठाकुर अपने व्यसन पालता रहा और गाँव वाले उसे चुपचाप झेलते रहे। पर मौत के आगे किसी की ठकुराई नहीं चलती। बहुत हाथ-पाँव मारे, पर उसे भरी जवानी में मौत की राह पकड़नी पड़ी। देह तो भस्म हो गई, पर उसके जीव ने उस ठिकाने की सीमा नहीं छोड़ी। ठाकुर का जीव केर, खेजड़ी, बड़, पीपल और बावड़ी-बावड़ी भटकने लगा। पूरे हलके को पता चल गया कि ठाकुर भूत बनकर ठिकाने में ठौर-ठौर दिखलाई पड़ता है।

उस ठिकाने में हजार मन के खलिहान का फकत एक किसान था—गाँव-चौधरी। पर ठिकाने के कारिन्दों ने उसे कभी चैन से नहीं जीने दिया। घर के सब जन रात-दिन काम करते थे फिर भी गृहस्थी की गाड़ी बड़ी मुश्किल से चलती थी। पीढ़ियाँ माटी में रल-मिल गईं, पर सर से कभी कर्ज़ नहीं उतरा।

आखातीज का सगुन मनाने के लिए गाँव-चौधरी कन्धे पर कस्सी रखकर सूड़ करने के लिए अपने खेतों की ओर रवाना हुआ। सर पर टोकरी में गलवाणी की कुल्हड़ी, बाजरे की पाँच रोटियाँ, ग्वारफली का साग और ठण्डे पानी की बुगती। खेत की मेड़ तक पहुँचा ही था कि तीतर की तीखी आवाज सुनाई दी। सगुन तो बुरे हुए! ठिठककर इधर-उधर देखते हुए आगे बढ़ा। तीतर की आवाज फिर सुनाई नहीं दी।

चौधरी को सामने वाली खेजड़ी के नीचे सफेदझक कपड़ों में एक आदमी खड़ा दिखा। पास गया तब भी पहचाना नहीं। 'राम-राम' करके पूछा, "कौन हो भाई?"

सफेद कपड़े वाले ने कहा, "चौधरी बहुत जल्दी अकड़ आ गई रे! यह तो सपने में भी नहीं सोचा था कि तू गाँव-मालिक को इतनी जल्दी भूल जाएगा! अभी

तो मरे हुए तीन पखवाड़े भी पूरे नहीं हुए।''

अरे, यह तो ठाकुर का भूत! पर अब डरने से क्या होगा! हिम्मत जुटा कर बोला, ''अन्नदाता, शक तो मुझे भी हुआ था। फिर सोचा, आप तो स्वर्ग में राज कर रहे होंगे। यह तो हम गँवार लोग भूत-पलीत बनकर पेड़-पेड़ भटकते हैं।''

चौधरी की नरमाई से भूत का मिजाज कुछ ठण्डा हुआ। कहने लगा, ''चौधरी, जीया तब तक खूब राज किया। अब राज करने की बिलकुल इच्छा नहीं। तू माने भले ही न माने, पर सच्ची बात तो यह है कि अपने किसानों की भलाई के लिए मैंने स्वर्ग का राज भी कबूल नहीं किया। जब तक जीया तुम लोगों को बहुत दुःख दिया। अब भूत बनकर तुम्हारे खेतों की रखवाली करूँगा। कुछ तो बोझ हलका हो!''

चौधरी टिटकारी दे कर बोला, ''अन्नदाता, क्यों चींटियों को पंसेरी से मारते हैं! मालिकों के आराम के लिए ही हमारा जनम हुआ है। हम तो आपके हाथ-पैर हैं। आप ही के लिए रात-दिन पसीना बहाते हैं। इसमें भला दुःख कैसा!''

ठाकुर का भूत मीठी आवाज में कहने लगा, ''नहीं रे चौधरी, वह ठकुराई दूसरी थी। मर कर अकल ठिकाने आ गई। थोड़े-से जीने के लिए तुम लोगों पर कितना जुल्म किया! मरने पर एक मुट्ठी दाने भी साथ नहीं चले। ठिकाने के गढ़ को छोड़ना पड़ा। पण्डित नित पूजापाठ करते हैं इसलिए मैं गढ़ के भीतर नहीं जा सकता। कुँअर-ठकुरानी का अब मुझसे कैसा नाता! सब स्वार्थ का रोना-धोना है। गढ़ में जाने के लिए बहुत तड़पता हूँ पर पग ही नहीं धरने देते। अब बहुत पछताता हूँ कि इनके लिए तुम्हें क्यों इतना कष्ट दिया! जैसे भी बन पड़े तुम लोगों के कुछ काम आ सकूँ तो कुछ शान्ति मिले।''

चौधरी का दिल भर आया। मालिक के मुँह से कभी ऐसे मीठे बोल नहीं सुने थे। हाथ जोड़कर कहने लगा, ''आपने श्रीमुख से फरमा दिया यही बहुत है। हमें और कुछ नहीं चाहिए।''

ठाकुर का भूत बीच ही में बोला, ''नहीं, नहीं, कोरी बातों से क्या होता है! मैं सचमुच तुम्हारा एहसान चुकाना चाहता हूँ। बोल चौधरी, तेरे आए बरस कितना बाजरा होता है?''

चौधरी ने कहा, ''आप से क्या छुपा है अन्नदाता! बरसात अच्छी हो तो हजार मन से कम नहीं होता।''

भूत ने कहा, ''पर तेरे सौ मन भी मुश्किल से हाथ लगता था। आज बहुत जी कलपता है। मैंने तुम लोगों पर कैसी-कैसी ज्यादतियाँ कीं! मेरा कहा मान, खेत में ऊमरा भी निकालने की जरूरत नहीं। उल्टे पाँव लौट जा। कातीसरे में दो हजार मन बाजरा पैदा करने का जिम्मा मेरा। ठिकाने को एक दाना भी हिस्सा मत देना। इनके लच्छन ही ऐसे हैं।''

चौधरी सर धुनते हुए बोला, "नहीं अन्नदाता नहीं, ऐसी कमाई से राम बचाए! हम ढोर आप बड़भागियों की बराबरी कैसे कर सकते हैं! आपके मुँह से ऐसी अमृतवाणी सुनकर ही मुझे दो हजार मन की ठौर लाख मन बाजरा मिल गया। अन्नदाता, हम गँवार पीढ़ियों से हाथ से पैदा करके खाने के आदी हैं। बिना मेहनत का धान हमें पचेगा नहीं। निकम्मा बैठना हमारे लिए मौत से भी अधिक दुःखदाई है।"

यह बात ठाकुर के भूत को चुभी। तब भी गुस्से को दबाकर बोला, "तेरा मतलब यह कि हम ठाकुर-ठेठरों को दूसरों का माल पचता है? हम हराम की खाते हैं?"

चौधरी कोहनी तक हाथ जोड़कर झुकते हुए कहने लगा, "ऐसी बात मैं अपने मुँह से कह सकता हूँ भला! मुँह उधार का थोड़े ही है जो मालिक को ऐसे कुबोल बोलूँगा! आप बड़े आदमियों का तो काम ही आराम फरमाना है। पिछले जनम की पुण्याई ही ऐसी है। हम अपने करमों से इस जनम में हड्डियाँ गलाते हैं। आपने अपने श्रीमुख से फरमा दिया इतनी दया ही बहुत है।"

भूत थोड़ा पास आया। होठ चबाते हुए बोला, "थोथी दया से क्या होता-हवाता है, करके बताऊँगा! तुझे खेतों में पाँव रखने की भी जरूरत नहीं। घर बैठे दो हजार मन बाजरा हाथ लगेगा तब तुझे मेरी दया का पता चलेगा। तुम किसान लोग भी एक बार आराम का दुःख उठाओ तो सही। हम तो पीढ़ियों से यह दुःख उठा रहे हैं।"

चौधरी दुविधा में पड़ गया। न तो बिना मेहनत का बाजरा लेना चाहता है और न भूत से विवाद करना चाहता है। और भूत भी ठाकुर का! बिगड़ गया तो घर को मिट्टी में मिला देगा। सोच-विचार कर बोला, "अन्नदाता का हुकम हो तो आखातीज का सगुन तो मना लूँ?"

भूत गरजा, "मरने के बाद तुझे साक्षात दरसन दिए तब भी सगुन बाकी रह गए क्या? तेरे दो हजार मन बाजरे में कमी नहीं रहेगी। जा, घर जा! चैन की बंसी बजा! खेतों की ओर देखने की भी जरूरत नहीं।"

ठाकुर का भूत नहीं माना तो चौधरी खेत में एक बार भी कस्सी चलाए बिना वापस आ गया। भूत-पलीतों के कई कारनामे उसने सुन रखे थे। उनके लिए कुछ भी मुश्किल नहीं। दो हजार मन बाजरे का वादा किया है तो जरूर पूरा करेगा। फिर भी उसे कोई खास खुशी नहीं हुई। बिना मेहनत की पैदावार कैसे कबूल करे!

घर आकर उसने चौधराइन से कुछ नहीं छुपाया। पूरी बात बता दी। चौधराइन के एड़ी से चोटी तक आग लग गई। जैसे नागिन की पूँछ पर पाँव पड़ा हो। कहा, "नहीं चाहिए हमें हराम का एक भी कुदाना। सात पीढ़ियों तक आलस पीछा नहीं छोड़ेगा। इससे तो भूखों मरना अच्छा।"

कहते-कहते इतने गुस्से में भी चौधराइन को हँसी आ गई। कहा, "तुम्हें इतना भोला तो नहीं जाना था। ठाकुर ने जीते-जी हमें क्या कम दुःख दिए जो मरकर उनका भूत हम पर मेहर करेगा! तुम्हें हो तो हो, मुझे तो मरकर भी भरोसा नहीं होता।"

चौधरी ने कहा, "भूत के आगे कैसे भी बली को भोला बनना पड़ता है। बात तो मेरे भी गले नहीं उतरी, पर क्या करता! बिफर गया तो हमारे जवान बेटे को कुछ हो-हवा न जाए, यह सोचकर चुप लगा गया।"

बेटे के जोखिम की बात सुनकर चौधराइन भी डरी। हौले-से बोली, "मुझे तो रत्ती भर भरोसा नहीं होता। फिर भी अगर कौल पूरा हो गया तो हम एक दाना भी घर में नहीं रखेंगे। आधा बाजरा ठिकाने को दे देंगे और आधा कबूतरों को डाल देंगे। हम समझेंगे अकाल ही पड़ा।"

पति-पत्नी ने जैसे-तैसे अपने मन को समझाया। पर उतरते आसाढ़ इन्द्र भगवान की ऐसी मेहर हुई कि कुछ न पूछो! परनालों पानी बरसा। बादल मानो थमना भूल ही गए हों। जल ही जल, जल ही जल।

पानी से भरे खेत काफी दिनों बाद जोतने लायक हुए। गाँव के सारे किसान हल लिए हुए अपने खेतों की ओर चले। गाँव-चौधरी से भी रहा नहीं गया। नागौरी बैल जोतकर रवाना हुआ। चलते-चलते हालियों से कह गया कि बुलावा मिलते ही आठ हल जोतकर खेतों पर आ जाएँ।

ठाकुर का भूत उसी खेजड़े के नीचे खड़ा था। चौधरी के 'राम-राम' करते ही तुरन्त पूछा, "इतना मना किया फिर भी हल जोतकर आ गया! मेरे कहे पर कदाच तुझे भरोसा नहीं हुआ?"

बैलों को रोककर चौधरी कहने लगा, "नहीं माईबाप, मेरी इतनी जुर्रत कहाँ जो आपकी बात पर अभरोसा करूँ! मेरे जीवन में आज तक इतनी जोरदार बरसात नहीं हुई। मैंने सोचा, अपनी मेहनत की खाएँ वे दाने भी आप ही के दिए हुए हैं। सच कहूँ तो मैं आज तक कभी ठाला नहीं बैठा। बरसात होते ही काम करने के लिए मेरी नस-नस टूटने लगी। टोटके के लिए ही सही, खेत में थोड़ी-बहुत लकीरें खींचने दें अन्नदाता!"

भूत सर हिलाते हुए बोला, "ना, इस बरस तो तुझे खेत में पाँव ही नहीं रखने दूँगा। तुम लोग हमें मन ही मन कोसते थे कि हम राव-उमराव हाथ पर हाथ धरे ऐश करते हैं। अब पता चला कि ठाली ऐश करना कितना मुश्किल है! तू तो इतने से ही आजिज आ गया! दाद दे हमें कि हम सामन्त हमारा बस चलते मुँह की मक्खी भी नहीं उड़ाते! दुनिया में हर आदमी को अपना दुःख और दूसरों का सुख बड़ा लगता है। यह तो हमारा ही कलेजा था जो चुपचाप गुलछर्रे उड़ाने का दुःख झेलते रहे। कभी उफ तक नहीं की।"

भूत के आगे चौधरी की दाल नहीं गली। उल्टे पाँव लौटना पड़ा। न सूड़-सबाड़ करने दिया और न एक हलाई ही खींचने दी। गाँव भर के खेत मगद की माफिक जोते हुए सुरंगी आभा दे रहे थे, पर गाँव-चौधरी के खेत तालर की तरह जमे पड़े थे। उसने किसी को कुछ नहीं बताया। इसके-उसके खेत देखता डोलता रहा। लोगबाग अनजुते खेतों के बारे में पूछते तो वह बात टाल जाता। आस-पड़ोस के खेतों में बाजरे की हरियाली छाने लगी तो अपने बदरंग खेत उसकी आँखों में खटकने लगे। क्या करे और क्या न करे? घूमता-घामता फिर अपने खेतों की ओर गया। ससुरा भूत तो खेजड़ी का ठीया छोड़ता ही नहीं! भूत पर नजर पड़ते ही चौधरी ने फरियाद की, "अन्नदाता, पूरी कांकड़ में हरियाली दिप-दिप कर रही है, पर मेरे खेत एकदम कोरे! बिना बोए कैसे पैदावार होगी?"

भूत हँसा, "बो कर पैदावार लेना यह तो आदमियों का प्रपंच है। हम देवजून के प्राणी जब चाहें लाख मन का ढेर लगा दें। क्या अकाल पड़े बिना या फसल में कोई रोग लगे बिना तुम्हें चैन नहीं पड़ता? मैंने इतना बरजा फिर भी तू अपनी आदत से बाज नहीं आया!"

चौधरी मरी हुई आवाज में बोला, "हाड़तोड़ मेहनत के बाद अगर दाना भी हाथ नहीं लगता तो हमारा मन आप ही समझ जाता है। पर अनजुते खेत लावारिस की तरह पड़े रहें यह बात तीर-सी चुभती है। अन्नदाता, अब भी देर नहीं हुई, मुझे जुताई करने दें! ठाली बैठे-बैठे तो मैं पागल हो जाऊँगा।"

भूत डग-डग हँसा, "अब पता चला कि ठाली बैठने से मुश्किल काम दुनिया में कोई नहीं। पर तुम लोग हमें देखकर कुढ़ते थे। जलते थे। चौधरी, मेहनत से बड़ा सुख दुनिया में कोई नहीं है।"

चौधरी ने बहुत विनती की, पर भूत टस से मस नहीं हुआ। चौधरी को चाम तक नहीं निकालने दी।

लोगों के बाजरे में बखतसर निराई हुई। जुताई हुई। बूटे-बूटे पर बूँझी बँधी। बूटे-बूटे ने छींके गेरे। गाँठें फूटीं। कलियाँ निकलीं। लह-लह लहराता बाजरा जैसे धरती को अधर उठा लेगा। चौधरी अपना सफाचट खेत देखता तो उसके मन में होलिका दहक उठती। बार-बार भूत के आगे हाथ जोड़ता, गिड़गिड़ाता। पर भूत ने करसण के नाम पर उसे एक ऊमरा भी नहीं निकालने दिया। चौधरी ने निहोरे किए तो वह दाँत पीसकर बोला, "मैं तुम लोगों की परख करना चाहता हूँ। अभी तो हराम की उपज हाथ भी नहीं लगी, उससे पहले ही तू हाय-त्राय करने लगा। यह हँसी-खेल नहीं है। वह तो हमीं लोगों की वज्र छाती थी जो पीढ़ियों तक दूसरों की मेहनत डकारते रहे और चूँ तक नहीं की!"

चौधरी ने कहा, "हजार बार कान पकड़ता हूँ अन्नदाता, हजार बार। सच, ठाली बैठने से तो जिन्दा जलना अच्छा है। हम आप सामन्तों से ज्यादा सुखी हैं।

धन्य हैं आप जिन्होंने यह दुःख झेला!"

भूत ने कहा, "तुम लोगों ने पीढ़ियों तक हमें ठाली बिठाकर और बेहिसाब मौज करवाकर सताया, हमें जाने कितना दुःख दिया! एक बार तू भी तो यह दुःख उठा! तुझे तो अभी से छठी का दूध याद आ गया। रोज मना करता हूँ फिर भी आए बिना नहीं मानता।"

चौधरी तो जबर फँसा! खेतों पर आता है तो ठाकुर के भूत के आगे बस नहीं चलता और घर पर रहता है तो चैन नहीं पड़ता। उसके जीते-जी खेत कोरे रह गए। लोगों के खेतों में अरगते जैसी सिट्टियाँ झूमने लगीं। ऊँटसवार तक नजर न आए। और गाँव-चौधरी के खेत गंजे के सर की तरह सफाचट! लोगबाग चौधरी की हँसी उड़ाने लगे। चौधरी को अपने खेतों का चक्कर लगाए बिना कल नहीं पड़ती थी। हर बार भूत आगे तैयार! चौधरी उसके पैरों में पगड़ी रखकर कहने लगा, "अबके खेती करता तो इन्हीं खेतों में ढाई हजार मन बाजरा होता। पचास बरसों में ऐसी फसल नहीं हुई। बाजरा तो जैसे पाताल फोड़कर निकला हो। लोगों के खेतों में ऐसी घनी फसल खड़ी है कि भाला भी पार न हो। मुझे समझ नहीं पड़ता कि सूखे-खनक खेतों में पैदावार कैसे होगी! अब भी आप जो चाहें लीला हो सकती है। औरों से भी बढ़कर मेरे खेतों में बाजरा लहलहाने की मेहर करें! अब भी खलिहान तक मेहनत कर सकता हूँ। कुछ तो काम करने दें! मुझे न तो भूख लगती है और न नींद आती है।"

भूत ने कहा, "नहीं, इस बार तो सीधे भखारियाँ भरने दे। तू मेरा चमत्कार देख तो सही!"

चौधरी ने फिर उसके पैरों में पगड़ी रखी, "सरकार, अगर चमत्कार ही दिखाना है तो खेतों में दिखाएँ। अभी भी कटाई के बाद ओलिया, पंचोला, झूला, ओगा, खूँटाई और गाइटे तक काफी काम बाकी है। कुछ तो मेहनत की आदत पूरी करूँ। बिना पसीने की कमाई हमारे लिए जहर है। दो नहीं, एक हजार मन ही सही, पर काम नहीं करने से मुझे छाती पर पहाड़ जैसा लगता है।"

भूत अपने हठ पर अड़ा रहा और चौधरी काम के लिए कसमसाता रहा। भूत ने कहा, "तू कहे तो दो के बदले चार हजार मन बाजरा दे दूँगा, पर काम का तो नाम ही मत ले। तू समझना चौमासे-चौमासे बीमार ही पड़ा।"

चौधरी गुद्दी खुजाते हुए बोला, "एकदम भला-चंगा बीमार होने की बात कैसे सोचूँ!"

अनमना चौधरी पाँव घिसटते हुए घर पहुँचा। किसी चीज में जी नहीं लगता। चौधराइन ने उसका मन बहलाने के लिए कहा, "ठाकुर का भूत क्या लोगों के खलिहान से बाजरा चुराकर अपना कौल पूरा करेगा? चमत्कार दिखाना है तो फिर देर क्यों? उन्हें पैदा तो करना नहीं पड़ता।"

चौधरी का मन बहलता नहीं देख वह आगे कहने लगी, "तुम अपना जी छोटा मत करो। तुम्हारी इच्छा नहीं होगी तो मैं इस बाजरे का दाना भी चूल्हे पर नहीं चढ़ाऊँगी। कबूतरों को डालना कबूल, पर तुम्हारी मरजी के बिना कोई काम नहीं करूँगी।"

चौधरी को यह बात भाले की नोक की तरह चुभ रही थी कि इस बरस इन्द्र बाबा की ऐसी मेहर हुई और उसके खेत गनगौर के मैदान की तरह कोरे पड़े हैं। आज उसके खेतों में छिंवरियों का पहाड़ लग जाता। हंस चुगे जैसा बाजरा पैदा होता।

चौधराइन ने खूब अच्छी-अच्छी बातें कीं, हँसी-दिल्लगी की, पर चौधरी का मन नहीं लगा। अगले दिन वह फिर विक्षिप्त-सा खेतों पर गया। ठाकुर का भूत मुस्कराकर सामने आया। पूछा, "चौधरी, आज बहुत उदास लग रहा है रे! क्या बात है?"

"गरीबनवाज, आप तो घट-घट के वासी हैं। मेरे दिल की आग आप से क्या छुपी है! आपसे हाथ जोड़कर अरज है कि आप बाजरा भखारियों तक न पहुँचा कर यहीं सिट्टियों का ढेर लगा दें। गाहना, उफनना और दूँ देनी, इतना काम तो अपने हाथ से करूँ। बिना काम मेरी हड्डियाँ दुखती हैं।"

भूत ने कहा, "चौधरी, सोच तो सही, गद्दों पर सोते-सोते हमारी हड्डियों का क्या हाल हुआ होगा! हमने कभी नाक में बल तक नहीं डाला। तुझे इतने आराम से ही नानी याद आ गई!"

चौधरी ने कहा, "हुकम, आप बड़े लोगों की बात और है। मैं तो मर कर भी काम करना चाहता हूँ। जीऊँगा तब तक आपका गुन मानूँगा, धूप-बत्ती करूँगा, मुझे कुछ न कुछ काम करने का आदेश फरमाएँ!"

भूत ने कहा, "एक बार मना कर दिया तो फिर इस मुँह से हाँ नहीं करूँगा। नहीं तो तुझे हम बड़े लोगों की तकलीफ का पता कैसे चलेगा! तू चिन्ता मत कर, बाजरा मोती के दाने जैसा दूँगा।"

चौधरी क्या करता! चुपचाप घर लौट आया। चौधराइन ने पति को खुश करने की बहुत चेष्टा की, पर अकारथ। तीन दिन तक चौधरी मुँह लटकाए हुए झोंपड़ी में बैठा रहा। चौथे दिन फिर उस खेजड़ी के नीचे पहुँचा। ठाकुर तो ठीया छोड़ता ही नहीं!

'राम-राम' करके चौधरी ने कहा, "अन्नदाता, मेरी यह बात नहीं मानी तो मैं आत्मघात कर लूँगा। लोग गाड़ियों-गाड़ियों बाजरा लाकर थक गए। क्या फसल हुई है! मानो बरसात के बहाने मोती के साँचे ढला बाजरा बरसा हो। आप यहीं खलिहान में बाजरे का ढेर लगा दें। कम से कम गाड़ियाँ जोतने का काम तो करने दें!"

ठाकुर का भूत देर तक डग-डग हँसा। हँसते-हँसते ही बोला, ''चौधरी, दुनिया में पागल तो बहुतेरे देखे, पर तेरे जैसा नहीं देखा। तुझे विश्वास हो गया कि मैं कौल मुजब बाजरा दे दूँगा? पगले, जब तक जीया तुम लोगों को दुःख दिया, अब मरकर सुख दिया तो नरक में नहीं जाऊँगा? यह कौल नहीं करता तो तू खेती किए बिना मानता थोड़े ही! हलके में सबसे बढ़िया उपज होती। यह मुझसे देखा जाता भला! पति-पत्नी अब सपने में बाजरा देखो!''

सुनकर चौधरी उल्टा बहुत खुश हुआ। कहा, ''निहाल कर दिया अन्नदाता! अब कहीं दुःख का पहाड़ सर से उतरा। बाजरा हाथ नहीं लगा इसकी मुझे रत्ती भर चिन्ता नहीं। हाथ लग जाता तो जरूर चिन्ता की बात होती। धरती और मेरे पसीने का खूब मेल है। जीता रहा तो ढेरों बाजरा निपजाऊँगा। घर में कुदाना आते-आते बच गया। पाँच पंसेरी गुड़ बाँटूँगा।''

इतना कहकर उसने 'राम-राम' की और फूल की तरह हल्का होकर घर की ओर चला। चौधराइन ने पति का खिला हुआ चेहरा देखा तो बहुत खुश हुई। पूछा, ''ठाकुर का भूत तुष्ट हो गया दिखता है! पर यहाँ तो एक दाना भी नहीं आया!''

चौधरी आखर-आखर के साथ हर्ष के मोती बरसाते हुए बोला, ''यही तो ख़ुशी की बात है कि दाना न तो आया है और न आएगा। ठाकुर मरकर भी अपनी करतूतों से बाज नहीं आया।''

चौधरी ने पूरी बात बताई। चौधराइन की खुशी का पार न रहा। कहा, ''जीए तब तक लगान और हिस्से के नाम पर लूटा और मरकर खेतों में दाना भी पैदा नहीं होने दिया। ये और क्या करेंगे! भगवान की मेहर है कि हराम का कुदाना हमारे गले नहीं उतरा।''

चौधरी कई दिनों के बाद उस रात ठीक से सोया। मीठे-सुहाने सपने देखे। सपने में उसने बहुत काम किया, बहुत काम किया। करते-करते पसीने से नहा गया। उसके पसीने से अनगिनत मोती पैदा हुए।

ठाकुर का रूठना

यह कहानी एक ठाकुर के रूठने की है। ठाकुर जितना भोला, सनकी और मोटी बुद्धि का था यह कहानी उतनी ही मज़ेदार है। ठाकुर को देखकर मन में दुःख होता, पर उसके रूठने की कहानी पढ़कर खुशी ही होगी। ठाकुर पाँच गाँवों का मालिक था। इसलिए ठिकाने की प्रजा उसे भगवान का रूप मानती थी। कोई साधारण आदमी उस जैसे स्वभाव का होता तो लोग उसे बावलादीवाना, पागल, मन्दबुद्धि, मूढ़मति, मूरख, बेवकूफ और जाने किस-किस नाम से पुकारते! पर ठाकुर को लोग भोले शंकर का अवतार मानकर हाथ जोड़ते थे। जयजयकार करते थे। उसके गुणों का बखान करते थे।

बस, ठाकुर के घर के लोग ही थे जो उसका लिहाज नहीं रखते थे। उसके स्वभाव से उनके नाकों दम आ गया था। ठाकुर जब-तब रूठ जाता था। बस कोई बहाना मिलना चाहिए या सनक सवार होनी चाहिए। उसे इस बात की रत्ती भर अकल नहीं थी कि कब किस काम के लिए कहना और कब किस काम के लिए नहीं कहना। बिलकुल उलटी बात कह देता तब भी उसे पूरी करने की चेष्टा करता था। भगवान जाने कैसे उसके दिमाग में यह बात बैठ गई कि ठाकुर का कहा पत्थर की लकीर होता है और ठाकुर जो करता है अच्छा ही करता है। अगर कोई दूसरा उसकी बराबरी का होता तो वही ठाकुर नहीं हो जाता! इसलिए अगर कोई उसका कहा नहीं मानता था तो उसे खारा जहर लगता था। तब आप ही उससे रूठना हो जाता था। और रूठना भी तीन लोक से न्यारा! नंगे पैर धूप में खड़ा हो जाता था। सरदी में तालाब में डुबकियाँ लगाता था। कभी दिन में दस बार दाढ़ी बनवाता था। कभी दस बार खाना खाता था। कभी आधा घड़ा पानी पी जाता और फिर उलटियाँ करता था। कभी जूते नहीं पहनता था तो कभी मौन धारण कर लेता था।

एक बार उसने आदेश दिया कि ठिकाने की गायों-भैंसियों को सात दिन तक न तो दूहें न चुँघायें। देखें, दूध थनों से आप ही झरता है कि नहीं! घरवालों ने बहुत समझाया, पर वह नहीं माना। सब गायें-भैंसियें सूख गईं। अच्छे-भले धीणे

का सत्यानाश हो गया।

एक बार उसके जँची कि गढ़ के कुएँ को रेत से पाट दिया जाए। पानी आप ही ऊपर आ जाएगा। पानी खींचने का झंझट ही खत्म। लोगों ने बहुत समझाया, पर ठाकुर नहीं माना। कामदार ने घुमा-फिराकर समझाने की कोशिश की, "अन्नदाता, आप सोलहों आने सही फरमाते हैं, पर कुएँ को पाटना अशुभ होगा।"

ठाकुर बरस पड़ा, "राजा और ठाकुर शुभ-अशुभ से ऊपर होते हैं। उन पर इनका असर नहीं होता। राजा और ठाकुर यों डरने लगे तो हो गया! मेरे ठिकाने में जैसा मैं कहूँगा वैसा ही होगा। तुम्हें टाँग अड़ाने की जरूरत नहीं।"

जनाने में उसकी माँ ने कहा, "बेटे, यह क्या पागलपन है! अगर कुओं को पाटने से पानी बाहर आता तो खुदवाते ही क्यों? दुनिया की सारी उलटी बातें क्या तेरे हिस्से में ही आ गई हैं? अपना दिमाग काम नहीं करता तो दूसरों से पूछ लिया कर। तेरे पिताजी के हाथ का खुदवाया कुआँ मैं हरगिज नहीं पाटने दूँगी। अगर अब भी तू नहीं माना तो पहले मुझे कुएँ में गेर दे। फिर जो तेरे जी में आए करना। पाटने से कुएँ का पानी तो सपने में भी ऊपर आएगा नहीं, पर तेरी अकल का पानी दिनोंदिन ऊपर आता जा रहा है।"

ठाकुर सर झुकाए हुए धीरे-से बोला, "अगर ठिकाने के काम में हरेक पंचायती करने लगा तो कैसे चलेगा! मैं तो तंग आ गया।"

पास ही मेड़ी में ठकुरानी नाइन से बालों में कंघी करा रही थी। ठाकुर के एक-एक बोल पर उसे ऐसा लगा जैसे कोई उसके कलेजे को गर्म सलाख से दाग रहा हो। ऐसे सुहाग से तो रंडापा भला! भगवान मुझे उठा ले तो मुगति मिले। ऐसे आदमी को कोई कैसे समझाए!

भोजन के बखत ठाकुर भीतर आया तो एकदम लाल अंगार! थाली की ओर देखा तक नहीं। टहलुए से कहा कि थाली उठाकर ले जाए। सारे दिन बिना नमक की राब और पानी में मक्खन मिलाकर पीएगा।

ठकुरानी ने पास आकर कहा, "आप इतनी तकलीफ क्यों करते हैं! मुझे अपने हाथ से जहर का प्याला दे दो! फिर ये बातें तो नहीं सुननी पड़ेंगी। कुछ तो गद्दी का मान रखो।"

ठाकुर झटके से खड़ा हुआ। थूक उछालते और हकलाते हुए कहने लगा, "रंडी, तुझे बीच में बोलने को किसने कहा! मुँह में बारूद भरकर चिनगारी दिखा दूँगा। माँ ने तो मुझे जनम दिया है। वह कुछ भी कह सकती है। पर तूने क्या मुझे जनम दिया है? तू तो मेरे पीछे आई है और पीछे ही बोलना पड़ेगा।"

फिर उसने टहलुए से कहा, "तू मेरा मुँह क्या देख रहा है! जा, पानी का लोटा और मक्खन लेकर आ!"

टहलुए ने डरते हुए कहा, ''अन्नदाता, मक्खन तो गरम कर दिया। आप फरमाएँ तो कल...।''

ठाकुर पाँव पटकते हुए गरजा, ''क्या कहा, गरम कर दिया? मुझसे पूछे बिना गरम क्यों किया? मैं पूछता हूँ मक्खन को गरम करने की जरूरत क्या है? अगर गरम करने से ही कुछ होता तो बिलोने से मक्खन का लोंदा क्यों बँधता? कुदरत में आदमी से ज्यादा अकल होती है। यहाँ से हमेशा के लिए कहीं चला जाऊँ तो क्लेश कटे! सब मेरे पीछे पड़े हैं। कितने फायदे की बात बताई, पर कोई सुनता ही नहीं! पाटने से पानी को ऊपर आना ही होगा। बगग-बगग करता पानी आप ही निकलेगा, पर कोई मेरा कहा माने तब न! जा, अभी का अभी बेगारियों को बुला कर ला! मैं अपनी आँखों के सामने कुएँ को पटवाऊँगा। देखूँ, मुझे कौन रोकता है।''

बिना बात गढ़ में कोहराम मच गया। बेगारी सर पर रेत के तसले लिए खड़े हैं और माँजी कुएँ की पाज पर खड़ी हैं। अगर एक तसला भी अन्दर गेरा तो वह कुएँ में कूद जाएगी। बात तो उलझी पर उलझी! माँ-बेटे के झंझट में बेगारियों की पीठ उधड़ गई, पर न ठाकुर टस से मस हुआ न माँजी। आखिर ठाकुर रूठ कर गाँव से चला गया। सबने सोचा, कोस-दो कोस जाकर आप ही लौट आएँगे। पर ठाकुर ने गाँव की तरफ मुड़कर देखा तक नहीं। अगले ठिकाने से घोड़ी ली सो जोधपुर जाकर ही रुका। रास्ते में न कहीं रुका न कहीं पानी पीया।

जोधपुर पहुँचने के सात दिन बाद ठाकुर ने किसी के हाथ चार पंक्तियाँ लिखकर भेजीं—मैं अब घर और गाँववालों के लिए मरे समान हूँ और तुम सब भी मेरे लिए मरे समान हो। मरा हुआ आदमी कभी वापस आया हो तो मैं वापस आऊँगा। जो मुझे मनाने के लिए आएगा अपनी इज्जत गँवाएगा।

ठाकुर ने तो लिख दिया पर घरवालों का जी कैसे मानता! जैसा भी भला-बुरा था आँखों के सामने तो था। उसकी सनकें अच्छी नहीं लगतीं, पर जीते-जी अमर बिछोह कैसे सहे!

घाघ बनिये और ठिकाने के अहलकार-कारिन्दे दिल से चाहते थे कि ठाकुर लौट आए। उसकी एजा-बेजा हरकतों से कइयों का स्वार्थ पूरा होता था। घरवाले अपने नाते से साथ रहना चाहते थे और कुलालची अपने मतलब से।

कोठारी और कामदार ने माँजी से अरदास की, ''अन्नदाता के बिना ठिकाना सूना-सूना लगता है। गाँव की शोभा तो ठाकुर से है। खाना-पीना कुछ अच्छा नहीं लगता। जैसे भी हो उन्हें जल्दी बुलाइए!''

माँजी की आँखें भर आईं। रुँधे गले से कहने लगी, ''भले कैसा ही गूँगा-बावला हो, मैंने तो नौ महीने पेट में पोसन किया है। बेटे के बिना माँ एक पल भी नहीं रह सकती। वापस आ जाए तो फिर कभी कुछ नहीं कहूँगी। जो

उसके जी में आए करे। कुआँ पाटता है तो पाटे, मेरा क्या! कुँअर को देखती हूँ तो मन मसोस कर रह जाती हूँ। घोड़े पर टहलकर वापस आता है और दाता का पूछता है तो मुझे रोना आता है। बहू की बुझी-बुझी आँखें देखती हूँ तो अन्दर होलिका दहक उठती है। वह अपना दरद किससे कहे! जाना तो आदमियों को ही होगा। जो उसे मनाकर लाएगा उसे खर्च-पानी के अलावा एक कुआँ बगसीस में दूँगी।''

माँजी के कहने पर सबसे पहले साईस गया। वह गालियाँ खाकर अपना-सा मुँह लेकर लौट आया। फिर कामदार गया। ठाकुर ने उसकी भी नहीं सुनी। उसे बहुत भला-बुरा कहा। ठाकुर के चाचा के साथ माँजी ने चिट्ठी भेजी। ठाकुर उसे बिना पढ़े ही निगल गया। ऐसा रूसना तो कभी नहीं किया! माँजी ने यहाँ तक कहलवाया कि वह नहीं आया तो वह गढ़ के कुएँ में कूद कर जान दे देगी। ठाकुर ने वापस कहलवाया कि गले में सवा मन का पत्थर बाँधकर कूदे, नहीं तो डूबने में खामी रह जाएगी।

आखिर सलाह-मशविरा करके गाँव के इक्कीस मोतबर ठाकुर को लिवाने गए। पर ठाकुर ने उनकी एक न सुनी। उन्होंने बहुत लल्लो-चप्पो की, बहुत हाथ जोड़े, गिड़गिड़ाए पर ठाकुर ने 'नहीं' के अलावा दूसरा बोल ही नहीं कहा। मोतबरों ने कहा, ''चाहें तो गाँव के सारे कुओं को मिट्टी से पटवा देना, पर एक बार गढ़ में पधारें तो सही!''

ठाकुर ने कहा, ''तुम सब मिलकर किसी मरे हुए आदमी को वापस लाओ तो जानूँ! अब कोई लिवाने आया तो उसे मारे बिना नहीं छोड़ूँगा।''

मोतबर खाली हाथ लौट आए। माँजी पर जैसे बिजली गिरी। ठकुरानी भीतर ही भीतर सुलगने लगी। कुँअर भी अनमना रहने लगा।

दूसरे दिन माँजी ने मोतबरों को फिर गढ़ में बुलवाया। सब सर जोड़कर बैठे कि ठाकुर को कैसे मनाया जाए? किसी के कुछ समझ में नहीं आया। तभी एक जाट छाती ठोंककर बोला, ''अन्नदाता को मना कर तो मैं ले आऊँगा, पर लौटकर वह मेरी धुनाई नहीं करें इसका जिम्मा कौन लेगा?''

चौधरी की बात सुनकर सबको तसल्ली हो गई कि यह खाली हाथ नहीं लौटेगा। अभी तक चौधरी का किसी को खयाल ही नहीं आया था। उसकी चतुराई पर सबको भरोसा था। माँजी ने कहा, ''मेरे रहते कोई तेरी ओर अँगुली भी उठा दे तो मैं वहीं जल मरूँगी। तू जैसे भी हो भोले महादेव को मना कर ला। सारी उम्र तेरा गुन मानूँगी। जो तू कहेगा वह कुआँ बगसीस में दूँगी।''

चौधरी ने कहा, ''पर मैं अपनी जुगत किसी को बताऊँगा नहीं। जो मुझे ठीक लगेगा करूँगा। मुझे किसी का उलाहना नहीं मिलना चाहिए।''

माँजी और ठकुरानी दोनों ने कहा, ''तुझे सौ ही गुनाफ माफ हैं। जैसे भी

बन पड़े जल्द से जल्द उनके दरसन करा!''

चौधरी ने कहा, ''एक पखवाड़े तक न उनके पास कोई खबर भिजवाएँ और न ही कोई उनसे मिलने जाए। इक्कीसवें दिन अन्नदाता आपको गढ़ में बैठे मिलेंगे।''

एक पखवाड़े तक गाँव से कोई खबर नहीं आई तो ठाकुर के पाँवों पर चींटियाँ रेंगने लगीं। अब तक तो हर दूसरे-तीसरे दिन कोई न कोई आया रहता था। पर पिछले पन्द्रह दिन से तो किसी ने खोज-खबर ही नहीं ली। समझ नहीं पड़ता कि बात क्या है! सब मेरी ओर से निराश हो गए दिखते हैं। उसे रात को सपने में समाचार मिलने लगे। पर चाहे जो हो वह गाँव किसी सूरत में नहीं जाएगा। इतने दिनों में तो कुआँ पाट कर पानी निकलते हुए दिखा देता। मूरख समझते-बूझते कुछ हैं नहीं, पर टाँग जरूर अड़ाएँगे। गुस्सा तो ऐसा आता है कि सबके सर कलम कर दे। पर क्या गाँव-घर वालों ने मुझे भुला दिया है? मैं रूठा हूँ तो क्या, उन्हें तो खैर-कुशल लेते रहना चाहिए।

माँजी और ठकुरानी ने बहुत जल्दी मचाई, पर चौधरी पखवाड़े के पहले हिला ही नहीं। पखवाड़ा बीतने पर चौधराइन साथ में तीन दिन का भाता बाँधने लगी तो चौधरी ने मुस्कराकर कहा, ''पगली, यह क्या पागलपन कर रही है! अभी तक तूने मुझे पहचाना नहीं। आदमियों की बस्ती में कुत्ता भी भूखा नहीं रहता, तू समझती है मैं भूखा रहूँगा! भाता तो मूरख ले जाते हैं।''

चौधरी ने डटकर खाना खाया और घड़ी दिन चढ़े घर से रवाना हुआ। काफी तेज-तेज चला। साँझ को कड़ाके की भूख लगी। दस कोस की दूरी तय कर ली थी। एक गाँव से गुजर रहा था कि एक दरवाजे पर घूँघट निकाले एक औरत खड़ी दिखी। चौधरी अदेर ताड़ गया कि यह इस गाँव की बहू है। पास जाकर बोला, ''बेटी, साँझ की वेला दहलीज पर क्यों खड़ी है! लोग अपने गाँव के लच्छन बखानेंगे। बहू-बहुआरियों को दहलीज पर खड़ा नहीं होना चाहिए।''

इतने में उसकी सास आ गई। पूछा, ''क्या बात है भाई? तू किस गाँव का है?''

चौधरी ने कहा, ''बात तो कुछ नहीं। अपने गाँव की लड़की को दहलीज पर खड़े देखा तो मुझसे रहा नहीं गया। कहा कि साँझ को यहाँ खड़ा होना ठीक नहीं। यहाँ के लोग अपने गाँव के लच्छन बखानेंगे। बहू-बहुआरियों को सौ बातों का ध्यान रखना पड़ता है।''

सास बनावटी गुस्सा दिखाते हुए बहू से कहने लगी, ''पीहर वालों से बाहर खड़े होकर बात करते हैं? चलो, अन्दर चलो! अच्छी तरह आव-आदर से ब्यालू कराओ। गाँव के समाचार पूछो।''

बहू को बोलने का मौका ही नहीं मिला। वह तो कहते ही अन्दर चली गई।

थाली में खीच और दूध परोस कर ले आई। चौधरी ने भरपेट भोजन किया। थोड़ी देर इधर-उधर की बातें करके वहाँ से चल पड़ा। उसके जाने के बाद सास ने बहू से पूछा, ''क्या नाम था इसका? आदमी तो भला और समझदार लगता है।''

बहू ने जवाब दिया, ''पता नहीं, मैंने तो इन्हें कभी देखा ही नहीं।''

सास ने कहा, ''वाह री मूरख! अपने पीहर के लोगों को नहीं पहचानती!''

बहू घूँघट में ही बोली, ''कभी देखा ही नहीं तो पहचानूँगी कैसे!''

सासू ने फिर झिड़का, ''तुझे सवेरे का खाया साँझ तक तो याद रहता नहीं, पीहर वालों को क्या खाक पहचानेगी!''

इधर सास-बहू में यह तकरार हो रही थी और उधर चौधरी जोर-जोर से डकारें लेते हुए जोधपुर के मार्ग पर तेजी से चला जा रहा था।

चलते-चलते रात ढली और दिन निकला। सूरज सर पर चढ़ आया तब तक वह चलता रहा। उसे कड़ाके की भूख लगी। किसी गाँव से होकर जा रहा था कि उसे सामने के नोहरे में भोज का कोलाहल सुन पड़ा। काफी भीड़ थी। तभी उसके पाँवों के पास एक कागज उड़ता हुआ आया। उसे अच्छी तरह तहाकर उसने पगड़ी में खोंस लिया। फिर बेधड़क नोहरे में गया। एक परोसने वाले को इशारे से अपने पास बुलाया। परोसगारा नुकती की टोकरी उठाए हुए आया। चौधरी ने पगड़ी से कागज निकालकर चुपके से उसे दिखाया और वापस खोंस लिया। परोसगारे ने समझा कि उसके लिए कोई सरकारी फरमान है। वह मन ही मन थोड़ा डरा। सोचा, अपने घर ले जाकर खिलाने की बजाय क्यों न लगते हाथ यहीं खिला दे! कहा, ''परोसगारी से निपट कर फरमान पढ़वा लूँगा, जल्दी क्या है? आप भोजन तो कर लें! बखत पर खूब आए!''

चौधरी ने डटकर नुकती और घेवर पर हाथ साफ किया। परोसगारा उसे खुश करने के लिए जबरन परोसता गया। छक कर खाने के बाद चौधरी कुल्ला कर रहा था कि परोसगारे ने धीरे से पूछा, ''मेरे नाम कैसा फरमान लाए हैं?''

चौधरी मुस्कराया, ''फरमान-वरमान मैं क्या जानूँ! एक कागज उड़ता देखा तो समेट कर पगड़ी में खोंस लिया। तुमसे पूछना चाहता था कि यह कागज काम का तो नहीं है।''

परोसगारे के जी में जी आया। मन ही मन पछताया कि खिलाने से पहले पूछ लेता तो इतना खाना बर्बाद तो नहीं होता। पर अब क्या हो सकता है! वह भी जवाब में मुस्कराया, ''उड़ता कागज तो बेकार होगा ही, पर तुम्हारे काम खूब आया! उम्रभर याद करोगे कि यों निहारे कर-करके खिलाने वाला कोई मिला था।''

चौधरी ने अनजान बनते हुए कहा, ''मुझे क्या पता भाई, मैं ठहरा अँगूठा-छाप। हो सकता है यह कागज बहुत काम का हो।''

परोसगारा बोला, ''किसी और के काम का हो न हो, तुम्हारे काम का तो

हो ही गया।''

उससे 'जय रामजी की' करके चौधरी वहाँ से रवाना हुआ। मन ही मन नुकती और घेवर को सराहते हुए तेज-तेज कदमों से जोधपुर के रास्ते पर बढ़ चला। साँझ को उसे घंटे-घड़ियाल की आवाज सुनाई दी। गाँव के बाहर एक मन्दिर था। सोचा, भगवान के दरसन करता चले। मन्दिर में जाकर सर नवाए उसके पहले ही उसकी नजर थालियों में पड़े कलाकन्द पर पड़ी। राम-नाम के बदले मुँह में पानी भर आया। भगवान का प्रसाद देना तो पुजारी के हाथ में है। उसने मन्दिर के भगवान को छोड़ा और सीधे पुजारी के चरणों में लेट गया। कहा, ''महाराज, मेरे मन में वैराग उठा है। मेरी मुगति अब आपके हाथ में है। अचानक इस मिथ्या संसार से जी उचट गया। अब आपकी शरण में हूँ। मेरा कल्याण कीजिए!''

पुजारी ने कहा, ''बेटे, संन्यासी का जीवन बड़ा कठिन है। सोच-समझकर संन्यास लेना।''

चौधरी ने कहा, ''समझना-समझाना अब आपके हाथ में है। मुझे तो वैराग के आगे कुछ सूझता ही नहीं।''

पुजारी ने कहा, ''पहले मनमोहन का प्रसाद पा ले। सवेरे तुझे दीक्षा दूँगा। तेरे जँच गई है तो मैं मना नहीं करूँगा।''

चौधरी कलाकन्द का प्रसाद खाने लगा सो दो थाल चट कर गया। भरपेट खाकर जोर से डकार ली। पेट पर हाथ फेरते हुए बोला, ''महाराज, यह क्या बात हुई, प्रसाद खाते ही मेरा वैराग दूर हो गया! अब पता चला कि मेरे पेट में भूख की आग धधक रही थी। उसे मैं गलती से वैराग समझ बैठा। प्रसाद खाते ही भूख के साथ वैराग भी मिट गया। यह प्रसाद कहीं गृहस्थियों के घर का तो नहीं था?''

पुजारी ने कहा, ''पगले, मनमोहन का खर्च गृहस्थी ही तो चलाते हैं।''

चौधरी ने कटाक्ष किया, ''तब तो गृहस्थी तुम्हारे मनमोहन से ज्यादा बड़े हुए! मुझे तो इस वैराग और तुम्हारे मनमोहन में कोई गुण दिखा नहीं।''

पुजारी क्या जवाब देता! आँखें मूँदकर माला फेरने लगा। कुछ पल बाद दाँत पीसते हुए बोला, ''मनमोहन के सामने ही तू उनकी निन्दा करता है, तुझे शाप लगेगा।''

चौधरी ने कहा, ''शाप ही देना है तो ऐसा देना कि मैं कलाकन्द खाते हुए ही मरूँ।''

इतना कहकर चौधरी ने अपनी राह ली। अगले दिन घड़ी दिन चढ़े वह रूठे हुए ठाकुर के सामने हाथ जोड़े खड़ा था। दो-तीन बार झुककर 'खम्मा घणी' की। उसका कोई जवाब न देकर ठाकुर सर हिलाते हुए बोला, ''इतने दिन मेरी खोज-खबर ही नहीं ली? मैं तो मनचाही कर सकता हूँ, पर तुम तो प्रजा हो, तुम्हें तो मनचाही

नहीं करनी चाहिए।''

चौधरी ने हाथ जोड़कर कहा, ''अन्नदाता का हुकम था कि कोई उनके सामने न आए। फिर कौन दो सर वाला है जो आपके सामने आता! अन्नदाता, आपके नाम से तो भूत भी थर-थर काँपते हैं। शेर की माँद में जाना आसान है पर आपके सामने आने के लिए सवा सेर का कलेजा चाहिए।''

ठाकुर मूँछों पर ताव देते हुए बोला, ''चौधरी, सच-सच बता, क्या सचमुच तुम लोगों को मेरा इतना डर लगता है? पर मैं कहता हूँ इतना डरने की जरूरत क्या है! मुझे कोई टोके नहीं तो मैं किसी को कुछ नहीं कहता।''

शुरुआत में ही तीर निशाने पर लगा। मन ही मन बहुत खुश होते हुए भी चौधरी फूट-फूटकर रोने लगा। उसे रोते देख ठाकुर का मन डोल गया। पूछा, ''चौधरी, बात क्या है? मेरी झींपरी कुत्ती तो ठीक है न? मेरे बिना कौन उसकी देखभाल करता होगा!''

चौधरी जानता था कि झींपरी कुत्ती ठाकुर की बहुत लाडली है। उसका नाम सुनकर वह और जोर से रोने लगा। ठाकुर के हाथों के तोते उड़ गए। उसके पास आकर काँपती आवाज में पूछा, ''दुष्ट, कुछ मुँह से तो बोल! मेरी झींपरी को क्या हुआ?''

उसने रोते-रोते ही जवाब दिया, ''आपकी झींपरी तो रामशरण हो गई।''

ठाकुर की आँखें डबडबा गईं। रुँधे गले से बोला, ''अरे दुष्टो, बिना देखभाल के तुमने मेरी झींपरी को मार डाला। बता तो सही, वह मरी कैसे?''

चौधरी बताने लगा, ''कालमी घोड़ी का सड़ा हुआ मांस खाने से वह उलटियाँ कर-करके मर गई।''

ठाकुर ने बीच ही में पूछा, ''कालमी घोड़ी का सड़ा हुआ मांस? उसका मांस कैसे सड़ा? जल्दी बता।''

चौधरी कहने लगा, ''मरने पर मांस तो सड़ेगा ही। घोड़ी को दफनाने के दो दिन बाद झींपरी उसे खोद कर खाने लगी, सो खाती ही चली गई। आखिर मर कर ही उसका पीछा छूटा।''

ठाकुर की जैसे जान ही निकल गयी। पूछा, ''मेरी कालमी को मार डाला? बता चौधरी उसे क्या हुआ? अब तुम्हें पता चला कि मेरे न रहने से क्या फर्क पड़ता है! नालायको, तुम्हारा सत्यानाश हो! वह तो एकदम भली-चंगी थी, उसे क्या हुआ?''

चौधरी गमछे से आँखें पोंछते हुए बोला, ''माँजी के तीसरे के बासी मूँग खाने से उसका पेट चालू हुआ तो रुका ही नहीं। छटपटाते हुए दो घड़ी में दम तोड़ दिया।''

ठाकुर की आँखें फटी की फटी रह गईं, ''क्या कहा तूने? माँ का तीसरा

क्यों किया? ऐसा क्या हुआ?"

"होना क्या था! मरने के बाद तीसरा तो करना ही पड़ता है। इसमें नई बात क्या है! माँजी भी संसार में नहीं रहीं।"

चौधरी बुक्का फाड़कर रोने लगा। ठाकुर की आँखों से आँसुओं की धारा बह चली। कहा, "मैं अभागा मरते बखत माँ के दरसन भी न कर सका। पर अब पछताने से क्या लाभ! माँ तो अभी बीस बरस जीये जैसी थी, अचानक क्या हुआ?"

चौधरी फफकते हुए बोला, "पोते का सोग क्या ऐसा ही होता है!"

ठाकुर का सर घूम गया। उसे झँझोड़ते हुए पूछा, "तेरी जबान में कीड़े पड़ें, क्या अंटसंट बक रहा है! क्या कहा तूने? पोते का सोग? पोते का सोग कैसे हुआ? कुँअर है तो राजी-खुशी?"

चौधरी और जोर से रोने लगा, "कुँअर राजी-खुशी होते तो बात ही क्या थी! उनके देवलोक होने के बाद माँजी ने पानी ही नहीं माँगा।"

ठाकुर की आँखों से आँसू के बदले खून रिसने लगा। बोला, "सारे गाँव को आग लगा दूँगा। तभी मेरा कलेजा ठंडा होगा। तुम इतने हरामी वहाँ कर क्या रहे थे? कुँअर के मरने के बाद भी तुम मुँह दिखाने के लिए जिन्दा हो? क्या हुआ, खेलते-कूदते कुँअर को क्या हुआ?"

चौधरी ने छाती-माथा कूटते हुए कहा, "बिना माँ के बेटे को जीते मैंने तो नहीं देखा।"

चौधरी की देखादेख ठाकुर भी छाती-माथा कूटने लगा, "क्या ठकुरानी का भी स्वर्गवास हो गया? गुस्सा तो ऐसा आता है कि तुझे तोप से उड़ा दूँ। चंडाल, इतने दिनों बाद आया और ऐसे बुरे समाचार लाया! भली-चंगी ठकुरानी को क्या हुआ?"

चौधरी ने कहा, "कैसी बात करते हैं! पति के बिना औरत कैसे भली-चंगी रह सकती है! आपके बिछोह से ठकुरानी के मानो प्राण ही निकल गए। आपके गाँव छोड़ने के बाद उन्होंने अन्न-जल छुआ तक नहीं। देह के आधार के बिना भला देह कैसे टिकती!"

महादेव सरीखे भोले ठाकुर को मौत के ये समाचार सुनकर भी माँ पर बहुत गुस्सा आया। कहा, "क्यों तो माँ मुझे कुआँ पाटने से रोकती और क्यों मैं रूठता! मैं रूठकर गाँव नहीं छोड़ता तो मेरे घर का ऐसा बुरा हाल नहीं होता। मुझे भगवान ने क्या यों ही ठाकुर बनाकर भेजा है? तू ही बता, अब मैं रूठूँ भी तो किससे? बैरियों ने जाने किस जनम का बदला लिया! चल, जल्दी वापस चल! मेरे बिना वहाँ सोग में कौन बैठेगा! महाराज से दो पवनगत घोड़े माँगता हूँ। अब जितना जल्दी हो गाँव पहुँचना है।"

सारा हाल सुनकर राजा ने अदेर दो उम्दा घोड़े दिलवा दिए। ठाकुर और

चौधरी हवा की गति से उड़ चले।

गाँव की कांकड़ में घुसते-घुसते चौधरी ठाकुर से काफी पीछे रह गया। गढ़ में घुसते ही झींपरी कुत्ती पूँछ हिलाती हुई ठाकुर के सामने आई। ठाकुर झट घोड़े से नीचे उतरा। झींपरी के सर पर हाथ फेरते हुए लाड से बोला, ''मेरी लाडली बेटी, तू वापस जिन्दा कैसे हो गई? चौधरी ने तो तेरी मौत की खबर सुनाई थी!''

कि तभी कालमी पर सवार कुँअर आता दिखा। ठाकुर अचरज से उन्हें देखता रहा। फिर उनकी ओर दौड़ा, ''अरे, तुम दोनों भी वापस जिन्दा हो गए?''

झींपरी का खुशी से भीगा भूंकना सुनकर माँजी दौड़कर बाहर आई। बेटे के बोल उसने साफ सुने। उसकी नजर उतार कर बोली, ''बेटे, तेरे आने से तो दस बरस पहले मरे हुए भी वापस जिन्दा हो जाएँ।''

अब कहीं चौधरी की खुराफात उसकी समझ में आई। गुस्से में पाँव पटकते हुए गरजा, ''मेरे आने से तुम सब जिन्दा हो गए सो तो ठीक है, पर इस चौधरी के बच्चे को मैं जिन्दा नहीं छोड़ूँगा।''

माँजी ने कहा, ''इसमें बेचारे चौधरी का क्या कसूर! वह तो मेरे कहने पर तेरे पास आया था। जब तूने किसी के कहने पर कान नहीं दिया तो उसने अपनी अटकल लगाई। गढ़ का कुआँ क्यों पाटता है, सवा सौ बीघे की जमीन के साथ चौतीना कुआँ चौधरी को बगसीस कर दे। उसे गाँव-चौधरी बना। अपने हाथ से उसके सर पर गाँव-चौधरी की पगड़ी बाँध। युगों तक तेरे यश का अखूट सोता बहता रहेगा।''

जीवन में पहली बार ठाकुर ने अकल की बात की, ''बेटे को माँ का कहना तो मानना ही पड़ेगा। पर चौधरी सामने क्यों नहीं आता? अभी तक छुपा हुआ क्यों है?''

गोगे की मिठाई

भगवान भले दिन दे, बरसों पुरानी बात है कि किसी गाँव में एक मोतबर चौधरी रहता था। उसके तीन बेटे थे। दो शादीशुदा, एक कुँआरा। भरा-पूरा घर। लम्बी-चौड़ी खेती। खूब वित्त-मवेशी। चौधरी बाबा के सब तरह के ठाट-बाट। उछाह और उमंग से सब त्योहार मनाते। बेटे-बहुओं को पूछकर त्योहार पर मिठाई बनती। सब साथ बैठकर खाते। भादों में गोगे का त्योहार आया। किसान के लिए गोगा बड़ा त्योहार। बाबा दस दिन पहले से कसमसाने लगा। चौधराइन से मिठाई का पूछा तो उसने कहा कि जो बेटे-बहुओं की इच्छा। हमारा क्या, हम तो पीले पान हैं। जो बेटे-बहुओं की पसन्द वही हमारी पसन्द। बहुओं ने कहा कि जो सास-ससुर की मरजी हो वह मिठाई बनाएँ। तब बाबा बेटों से पूछने के लिए गया। एक हाथ में हुक्का और दूसरे में छड़ी। तीनों बेटे हल-बैल लेकर दो घड़ी रात रहते ही खेतों पर चले गए थे। बाबा के खेत गाँव से तीन कोस दूर थे।

तीनों बेटों को हल जोतते देखकर उसका सीना चौड़ा हो गया। बेटे हैं तो मेहनती। कामगार और कमाऊ। निपुण। नजर लगने से बचाने के लिए बाबा ने तीन बार थूका। छोटा बेटा सबसे सुन्दर। पर थोड़ा खुराफाती। मसखरा। हिम्मती। ठान ले तो पहाड़ को हिला दे। बाबा ने सोचा कि अगले भादों में उसका ब्याह कर देगा।

बाबा को आते देखा तो तीनों बेटे हल रोककर उसके पास आए। बाबा ने बड़े बेटे से गोगे के खाने के लिए पूछा। बड़े बेटे ने कहा कि इतनी-सी बात के लिए इतनी दूर आने की क्या जरूरत थी! जो हर बार बनता है बना देना। माँ-बाप के हाथ का जहर भी बच्चों के लिए अमृत होता है।

आज्ञाकारी बेटे के मुँह से यह सुनकर बाबा किंचित मुस्कराया। दाढ़ी को सहलाते हुए बोला, "तुम्हारे खाने-पीने के दिन हैं। कोई इच्छा हो तो बताओ! इसमें संकोच कैसा!"

बड़े ने अपनी पसन्द नहीं बताई तो उसने मझले से पूछा। मझले ने भी बड़े भाई की बात दुहरा दी कि माँ-बाप आक-धतूरा खिलाएँ तब भी खाने को तैयार।

वे खाने के लिए मरते थोड़े ही हैं!

तब उसने छोटे बेटे से पूछा, "अब तू कहे वही खाना बनाएँ। मन में मत रखना। अभी तक तो भगवान की मेहर है।"

छोटे ने हँसकर जवाब दिया, "मेरी इच्छा कोई पूरी नहीं कर सकता, फिर कहने से क्या फायदा! जो आप ठीक समझें बनवा दें।"

बाबा ने हठ किया कि ऐसी क्या बात है! बिना कहे कैसे पता चले! वह बत्तीस पकवान खाना चाहे तो बत्तीस पकवान खिलाएगा। घर में किसी चीज की कमी नहीं। घी से कूड़िये भरे हैं। गुड़-खांड की इफरात। घर में न हो तो हाट-बाजार में चीजें मिलती हैं।

अधिक हठ किया तो छोटे ने कहा, "तो फिर कान खोलकर सुनिए! बत्तीस तो हों पकवान। सोने का हो थाल। इसी कालिये खेत में हाथी के हौदे पर बैठकर खाऊँ। साथ में हों चार पत्नियाँ! खेत के चारों तरफ चार रथ खड़े हों। और एक रथ हाथी के पास। पाँच-पाँच घुड़सवार रथों पर पहरा दें। पूछें तो यह इच्छा है, नहीं तो जो चाहो सो करें!"

उसकी अनहोनी बात सुनकर बाबा को तैश आ गया। छड़ी की पीठ पर चार-पाँच जमाई। कहा, "नालायक को बोलने का ही शऊर नहीं! मुँह से कहा है तो ऐसा करके ही मुँह दिखाना!"

छोटे बेटे ने जवाब दिया, "हाँ, ऐसा करके ही मुँह दिखाऊँगा। नहीं तो समझना दो ही बेटे हुए।"

इतना कहकर उसने हाथ की पिराणी वहीं पटकी और नाक की सीध में चल पड़ा, पीछे मुड़कर भी नहीं देखा। बाबा और भाइयों ने सोचा कि माथा ठंडा होने पर आप ही लौट आएगा। अभी मनाने से ज्यादा सर चढ़ेगा। आगे कौन थाल परोसे हुए इसकी बाट जोह रहा है!

बाबा हुक्का गुड़गुड़ाते हुए देखता रहा और वह मगरे की ढलान के पार ओझल हो गया। बड़े बेटे ने कहा, "पट्ठे के कितनी अकड़ है! दो-चार दिन भूखा रहेगा तो सारी ऐंठ निकल जाएगी।"

मझले ने कहा, "बाबा के लाड ने ही इसे बिगाड़ा है।"

बाबा गाँव की ओर चल पड़ा। दोनों बेटे वापस हल जोतने लगे। और छोटे वाला जिधर मन किया उधर ही तेज-तेज चलता गया। चलते-चलते एक बड़ा शहर आया। वहाँ ठहरने का इरादा किया। पाँच-सात दिन में काम का जुगाड़ नहीं हुआ तो आगे चल देगा।

राजमहल के पास से निकल रहा था कि सिपाही ने पूछा, "कहाँ के रहनेवाले हो बटोही?"

उसने अपना गाँव-धाम बताया। सिपाही ने फिर सवाल किया, "जा कहाँ रहे

हो?"

"जहाँ दो रोटी मिल जाए।"

"दो की ठौर तीन रोटी यहीं मिल जाए तो?"

"तो रमता राम यहीं डेरा डाल देगा। आगे कौन मेरी बपौती गड़ी है!"

सिपाही उसे राजा के पास ले गया। राजा ने उसे चाकर रख लिया। राजकुँअर पाठशाला में पढ़ने जाया करता था। उसका काम होगा राजकुँअर का खाना-पानी ले जाना और तख्ती पोंछना। साथ ही जाना और साथ ही आना। कुँअर के पास आठ-दस दिन से अधिक चाकर टिकता नहीं था। तुनककर निकाल देता था। यह उसी की उम्र का छोरा ठीक मिला। दिखता-भालता भी सुन्दर है।

उस पाठशाला में नगरसेठ की लड़की भी पढ़ती थी। कुँअर और सेठ की बेटी में गाढ़ा प्रेम। सेठ की बेटी का रूप ऐसा मानो गुलाब की डाल पर जनमी हो। कुँअर के कहने से वह उसकी तख्ती भी पोंछने लगा। दोनों की तख्तियाँ पोंछने के अलावा एक काम और था। दोनों की लिखी चिट्ठियाँ चुपके-चुपके एक-दूजे तक पहुँचाना।

चिट्ठियों में लिखी बातें जानने के लिए उसका मन बहुत छटपटाता था। पर लिखा हुआ बाँचने के लिए वह निपट अन्धा था। यह अन्धापन उसे बुरा लगा। दूसरे छोरों से वह भी आखर लिखना सीखने लगा। थोड़ी और रफ्त के बाद वह धड़ल्ले से चिट्ठी-पत्री बाँचने लगा।

उसके बाद वह कुँअर और सेठ की बेटी के पत्र बीच में पढ़ने लगा। बचपन की भोली प्रीत के आखर बाँचते हुए उसे ऐसा लगता जैसे उसकी नस-नस में मिसरी घुला दूध बह रहा हो। कभी-कभी देह में बिजलियाँ सनसनाने लगतीं।

एक दिन सेठ की बेटी ने कुँअर को देने के लिए उसे मोली से बँधा हुआ पत्र दिया। खोलकर पढ़ा तो दोनों के वहाँ से भागने की तजबीज। जगदम्बा के थान वाले नीम के नीचे सेठ की बेटी राह देखेगी। आधी ढले कुँअर दो घोड़े लेकर पहुँच जाए। फिर घोड़े होंगे और रास्ता होगा। उनके माँ-बाप किसी भी सूरत में उनके ब्याह के लिए राजी नहीं होंगे। और कोई चारा नहीं।

पत्र पढ़ते-पढ़ते चौधरी के बेटे के मन में ईर्ष्या का अंधड़ चलने लगा। वह मन ही मन सेठ की बेटी से प्रेम करता था। यों अचानक अपने प्रेम का अन्त होता देख उसका कलेजा ऐंठने लगा। जी कड़ा करके पत्र जेब में खोंसा और सीधा राजा के पास गया। पत्र पढ़कर राजा का सिर घूम गया। इकलौते कुँअर पर यह क्या पागलपन सवार हुआ? राजघरानों को छोड़कर बनिये-बक्काल की बेटी से ब्याह करेगा? प्रेम में अन्धा होकर सिंहासन को ठोकर मारने का निश्चय कर लिया! पीछे राजा-रानी का कैसा बुरा हाल होता! जाट के बेटे ने बखतसर खूब फर्ज निभाया। घोड़े और गधी का कैसा मेल!

राजा ने पत्र को जला दिया। फिर मन्त्री से सलाह-मशविरा किया। मन्त्री ने

नेक और उम्दा उपाय बताया। जाट का बेटा राजकुँअर के कपड़े पहनकर आधी रात को तय ठिकाने पर पहुँच जाए। रियासत की सीमा लाँघने तक मुँह नहीं खोले। फिर सेठ की बेटी आप ही अपना भला-बुरा सोच लेगी।

मन्त्री की युक्ति जाट के बेटे की भी मनभाती थी। तुरन्त मान गया। राजा ने मोहरों के पावोरे भरने का आदेश दे दिया। उसे और क्या चाहिए था!

उसने मोहरों से पावोरे भराए, कमर से तलवार बाँधी और दो उम्दा घोड़े लेकर राजमहल से चल पड़ा। कुँअर पर कैसी गुजरी यह वही जाने।

वह बखतसर नीम के नीचे पहुँचा तो सेठ की बेटी मरदाने भेष में तैयार खड़ी थी। लगाम पकड़ाते ही रकाब में पैर रखा और घोड़े पर सवार हो गई। दोनों घोड़े पवनवेग से उड़ चले।

अँधेरे-अँधेरे ही वे रियासत की सरहद पार कर गए। पौ फटने पर सेठ की बेटी ने कुँअर के बदल चौधरी के बेटे को देखा तो सहसा उसे आँखों पर भरोसा नहीं हुआ। पास आकर ध्यान से देखा तो उसके मुँह से चीख निकल गयी। जैसे कोयल कुरलाई हो। उसे चारों ओर धू-धू लपटें उठती नजर आईं। सूरज के उजास की आग में उसके सारे सपने, सारे मनसूबे और सारी आशाएँ भस्म हो गईं। अपने भाग्य को कोसते हुए उसने कैसे जज्ब किया यह वही जानती है।

तख्ती पोंछनेवाले ने कहा कि उसे इस झमेले के बारे में कुछ नहीं मालूम। उसने तो फकत कुँअर का हुकम बजाया है। कुँअर ने खुद अपने कपड़े ला कर दिए और कहा कि सेठ की बेटी को लेकर परदेश चला जाऊँ। राजा के कुँअर को छोरियों की क्या कमी! एक छोरी के पीछे राज छोड़ दिया तो फिर राज कहाँ!

सेठ की बेटी ने कुँअर को ऐसा तो नहीं जाना था। राजपाट से इतना ही मोह था तो उससे प्रेम का स्वांग क्यों किया? क्यों उसे भरमाया? जनम देनेवाले माँ-बाप से बिछोह करवाया? साथियों का संग छुड़वाया?...क्यों? ...क्यों?

आँखों में आँसू खत्म हो गए तो उसने नजर भरकर चौधरी के बेटे को देखा। वह उसे कुँअर से अधिक रूपवान और मोहक लगा। उसके प्रेम का झरना उलटे पहाड़ चढ़ गया। आँसुओं से आँखों का मैल धुल गया। बड़े आश्चर्य की बात कि उसके मन में यह बात घर कर गई कि सच्चा प्रेम तो वह चौधरी के बेटे से ही करती थी। कुँअर का प्रेम तो एक भरम था जो बिला गया। उसे चारों ओर सूरज का उजाला हँसता-मुस्कराता नजर आने लगा।

उस सुनसान वनी में सूरज ने दो प्रेमियों का मिलन देखा तो उसका उजाला बढ़ गया। रात को उनके प्रेम की झलक देखकर चाँद और तारों की चमक बढ़ गई। इस तरह सूरज, चाँद और तारों का उजास बढ़ाते-बढ़ाते उन्होंने एक नगर में डेरा डाला। एक हवेली किराए पर ली और ठाट से रहने लगे। चौधरी के पास तो मोहरें थीं ही, सेठ की बेटी के पास भी हीरे-मोतियों की कमी नहीं थी।

झाड़-बुहारी, बरतन-बासन और पानी भरने के लिए दो दासियाँ रख लीं। किसी तरह की कोई कमी नहीं थी। हवा के वेग से दिन बीतने लगे। एक दिन ऐसा संयोग हुआ कि चौधरी डोल-डाल से फारिग होकर वनी से वापस आ रहा था कि उसे एक अनोखा जानवर नजर आया। तरबूज की तरह गोल और चितकबरा। गेंद की नाईं उसकी तरफ लुढ़कता चला आ रहा था। चौधरी डरा नहीं। पास जाकर जोर से छड़ी का वार किया। जानवर दोफाड़ हो गया। अन्दर अनमोल नगीने जड़ा कंगन! झुककर उठाया। चमक ऐसी कि नजर न टिके!

हवेली आकर घरवाली को दिखाया। कहा, ''कुदरत ने हमारी प्रीत का इनाम बगसा है। अपने हाथों से तुम्हें पहना दूँ तो जीवन धन्य हो जाए।''

पर वह नहीं मानी। कहा, ''हमारी प्रीत को सिंगार की जरूरत नहीं। वह तो अपने उजाले से आप ही चमकती है। इसे महाराज को भेंट करें तो कैसाक रहेगा?''

चौधरी कहते ही मान गया। नहा-धोकर साफ-सुथरे कपड़े पहने और सीधा राजदरबार गया।

राजा ने कंगन देखा तो उसकी आँखें और अकल दोनों चकरा गईं। जौहरी ने परख की तो एक-एक नग अनमोल। राजा के खजाने में उसकी जोड़ का एक भी नग नहीं था।

राजा बहुत खुश हुआ। कहा, ''जैसे यह कंगन अनमोल है वैसे ही मेरी मेहर अनमोल है। मैं आसानी से किसी पर मेहरबान नहीं होता। सात बरसों के बाद तुझ पर इतना खुश हुआ हूँ। क्यों मन्त्री, सच है न?''

मन्त्री ने जमीन तक झुककर ताईद की। फिर राजा कंगन लेकर तेज-तेज कदमों से रंगमहल में गया। अपने हाथों से रानी को कंगन पहनाया। खुशी से छलकते हुए बोला, ''अगर पूरी दुनिया में इसकी जोड़ का दूसरा कंगन मिल जाए तो तुम्हें राजा बना दूँ और मैं तुम्हारी रानी बन जाऊँ।''

कंगन को देखकर रानी बेइन्तहा खुश हुई। राजा वापस दरबार में आया।

साँझ को रानी ने बड़े उछाह से सिंगार किया। बायें हाथ में कंगन पहना और सोने के पिंजरे के पास जाकर तोते से पूछा, ''क्यों रे तोते, मुझे यह कंगन कैसाक लगता है?''

तोते ने दो-तीन बार सर हिलाकर कहा, ''आप के डर से झूठ बोलूँ या झूठ के डर से सच बोलूँ।''

रानी ने कहा, ''मुझसे डरने की कतई जरूरत नहीं। सच-सच बता!''

तब तोते ने कहा कि अकेला कंगन अच्छा नहीं लगता। दाएँ हाथ में भी ऐसा ही कंगन हो तो बात बने।

रानी को भी दूसरा हाथ सूना लगा। कंगन उतारकर आले में पटक दिया। बाल बिखेरे, मैले-कुचैले वस्त्र पहने और औंधा पलंग बिछाकर लेट गई।

पूनम की चाँदनी का रस लेकर राजा रंगमहल में आया तो रानी रूठी हुई अस्त-व्यस्त लेटी थी। न कुछ कहा न कुछ सुना। जीते-जी सहवास के लिए राजी नहीं होगी।

राजा ने खुशामद की, ''मेरे रोम-रोम में चाँदनी धधक रही है। देवी मुँह से तो बोल, बात क्या है?''

तब देवी के होठ खुले, ''इसकी जोड़ का दूसरा कंगन लाओ, तभी अन्नजल ग्रहण करूँगी। राजा होकर भी अगर आप इतना-सा काम नहीं कर सकते तो मेरा दायाँ हाथ कलम कर दो।''

राजा ने दूसरा कंगन लाने का वचन दिया तभी रानी अन्नजल लेने के लिए राजी हुई।

सुबह राजा ने दरबार में कहा कि जो इसकी जोड़ का दूसरा कंगन लाएगा उसे मुँह माँगा इनाम मिलेगा।

दरबारियों की जबान उधार की तो थी नहीं। कोई भी यह बीड़ा उठाने को तैयार नहीं हुआ। इनाम तो कंगन मिलने पर मिलेगा, लेकिन नहीं मिला तो दंड मिलना तो निश्चित ही है।

एक चतुर मन्त्री ने कहा, ''माईबाप, जो शख्स यह कंगन लाया वही दूसरा ला सकता है।''

राजा ने कहा, ''तुम्हारी अकल तो काम करती है, पर थोड़ी देर से करती है। तुम जानते हो मुझसे ज्यादा इन्तजार नहीं होता।''

एक घुड़सवार चौधरी को बुला लाया। चौधरी ने राजा के कहते ही हाँ कर दी। रात को घरवाली से सलाह करके तड़के वनी में उसी ठौर वापस गया। अचरज की बात कि उसी ठौर वैसा ही जानवर लुढ़कता हुआ सामने आया।

चौधरी ने छड़ी का वार किया। जानवर दोफाड़ हो गया। फिर वैसा ही कंगन हाथ लगा। मुँह अँधेरे राजमहल पहुँचा। राजा बहुत खुश हुआ। उसकी पीठ ठोंकी।

फिर खास दरबार में उसे हाथी-सिरोपाव बगसा और उसे अपना प्रधानमन्त्री बनाया। राजा की मेहर कोई मामूली चीज नहीं होती।

दूसरा कंगन मिला तो रानी ने रूसना छोड़ा। नहा-धोकर सिंगार किया। दोनों हाथों में कंगन पहनकर तोते के पास गई। पूछा, ''बोल रे तोते, ये कंगन मुझे कैसेक लगते हैं?''

तोता उसी तरह सर हिलाते हुए बोला, ''महाराज के डर से झूठ बोलूँ या झूठ के डर से सच बोलूँ?''

रानी ने कहा, ''बोलना हो तो सच ही बोल, नहीं तो बोलने की जरूरत नहीं।''

तब तोते ने कहा, ''महारानी, फकत कंगन शोभा नहीं देते। साथ में दैत्य की हड्डी की चूड़ियाँ हों तो सूरज भी दो घड़ी रुककर आपके हाथ निरखेगा।''

तोते का इतना कहना हुआ और रानी ने सारा सिंगार उतार फेंका। दोनों कंगन आले में पटके, मैले-कुचैले वस्त्र पहने, बाल बिखेरे और औंधा पलंग बिछाकर लेट गई।

नशे में झूमता-झामता राजा रंगमहल में आया। रानी की ऐसी रंगत देखकर उसका नशा हवा हो गया। खुले बालों पर हाथ फेरते हुए कहा, "देवी, अब किस बात पर रूठी हो? दूसरा कंगन पहले की जोड़ का न हो तो अभी जौहरी को बुलवाता हूँ। तुम खुद पूछ लो।"

राजा ने मनाने की बहुत कोशिश की, पर रानी ने कोई जवाब नहीं दिया। दो-तीन घड़ी तक खुशामद की, निहोरे किए तब कहीं उसके होठ खुले, "मरना कबूल, पर अन्नजल मुँह में नहीं डालूँगी। दैत्य की हड्डी की चूड़ियाँ पहनूँ तभी ये कंगन शोभा दें।"

रूठी रानी के आगे राजा बेबस हो गया। उसकी दो चाँदनी रातों में विष घुल गया। रात बरस जितनी लम्बी हो गई। दिन निकलते ही राजा सबसे पहले दरबार पहुँचा और सिंहासन पर बैठा। आन की आन में दरबार जुड़ा। राजा की बुझी-बुझी आँखें और म्लान मुख देखकर दरबारियों ने हाथ जोड़कर कारण पूछा।

राजा ने मरी-मरी आवाज में कहा, "रानी रूठना नहीं छोड़तीं। तुम जानते ही हो कि राजा के लिए रात को सूरज नहीं उगे तो कितने दुख की बात है! मेरी दो रातें बरबाद हो गईं। रानी हठ किए बैठी हैं कि वह कंगन के साथ दैत्य की हड्डी की चूड़ियाँ पहनेंगी। न कोपभवन से बाहर आती हैं और न अन्नजल ग्रहण करती हैं।"

दैत्य की हड्डी की बात सुनकर सबके चेहरे फक हो गए। राजा की चाकरी मरने के लिए थोड़े ही करते हैं! सब एक-दूजे का मुँह जोहने लगे। किसी से कुछ कहते न बना। तब उसी चतुर मन्त्री ने आगे बढ़कर कहा, "प्रधानमन्त्री जी को कई मन्त्र सिद्ध हैं। दैत्य की हड्डी लाना उनके बाएँ हाथ का खेल है।"

राजा के गुस्से में जैसे घी पड़ा। अंगारे बरसाते हुए बोला, "बात-बात में प्रधानमन्त्री जी, प्रधानमन्त्री जी! वे क्या तुम्हारे हिस्से की तनखा लेते हैं? तुम सब क्या हराम की खाते हो?"

राजा का गुस्सा दरबारियों के लिए नया नहीं था। एक चाकर चुपके से खिसका और प्रधानमन्त्री को बुला लाया। प्रधानमन्त्री को देखते ही राजा का गुस्सा हिरन हो गया। रानी के रूठने की बात बताकर दैत्य की हड्डी लाने का आदेश दिया।

प्रधानमन्त्री ने तुरन्त हाँ कर दी। कहा कि सातवें दिन दैत्य की हड्डी लेकर दरबार में हाजिर हो जाएगा। रानी को खुशखबरी देने के लिए राजा रंगमहल की ओर दौड़ा। जैसे-तैसे करके रानी को मनाया।

प्रधानमन्त्री ने घर आकर अपनी पत्नी को रानी के रूठने की बात बताई।

पत्नी ने कहा, "निगोड़ी रानी कहीं मेरा सुहाग न ले ले! इस रियासत को छोड़ो, कहीं और चलो। यह तो आए दिन रूठ जाती है! तुम्हारी हिम्मत और ताकत पर मुझे पूरा भरोसा है, पर जानबूझ कर आग में क्यों कूदना! फिर जैसा तुम ठीक समझो!"

प्रधानमन्त्री ने पत्नी की ठोड़ी पकड़कर उसका चेहरा ऊपर उठाया। कहा, "तुम्हारे जैसी जीवनसंगिनी मिली फिर डर काहे का! खुद मौत मुझसे डरती है। तुम बेफिक्र रहो। अभी हमें बहुत अच्छे दिन देखने हैं। कष्ट ही उठाना होता तो गाँव-घर छोड़ते ही क्यों भला! बाबा से जो प्रतिज्ञा की उसे ठीक अगले गोगे के दिन पूरा करना है। हिम्मत हारने से कैसे चलेगा! तुम्हारे जीते-जी मुझे काँटा भी नहीं चुभ सकता।"

पत्नी ने कहा, "तुमने निश्चय कर लिया है तो मैं मना नहीं करूँगी। उत्तर दिशा की तरफ़ जाओ। ग्यारह कोस पर एक जंगी बरगद आएगा। उसके पास एक बावड़ी है। उसमें एक विकराल दैत्य रहता है। मेरे सर का एक बाल ले आओ। बावड़ी के पानी से छुआते ही पानी दोफाड़ हो जाएगा। यह सगुनी तलवार कभी अपने से अलग मत करना। सब भला होगा।"

प्रधानमन्त्री फिर एक पल भी वहाँ नहीं रुका। कमर से तलवार बाँधी और पैदल ही उत्तर दिशा की ओर चल पड़ा। ग्यारह कोस पार करते क्या देर लगती है! सचमुच रास्ते के बाईं ओर एक विशाल बरगद खड़ा था। बरगद को देखते ही चौधरी का मन हरा हो गया। बेधड़क दो-दो सीढ़ियाँ लाँघते हुए बावड़ी में उतरा।

बाल का परस होते ही पानी दोफाड़ हो गया। आगे गया तो दैत्य के बगीचे में धतूरा ही धतूरा खड़ा था। इमली की डाल से बँधे खाट-हिंडोले पर दैत्य की बेटी झूल रही थी। अजाने आदमी को आते देखकर भी उसने झूलना बन्द नहीं किया। पर चौधरी के पाँव जहाँ के तहाँ गड़ गए। बादलों को छोड़कर कहीं बिजली तो नहीं उतर आई! चढ़ते-उतरते हिंडोले के साथ उसका रूप चमाचम कर रहा था। सोनल बाल झिलमिला रहे थे।

दैत्य की बेटी झूलते-झूलते ही सोचने लगी कि भगवान ने वर तो लाखों में एक भेजा। पर दैत्यराज आते ही इसे निगल जाएगा। आदमी की बू आने पर उसके रोके भी नहीं रुकेगा। सात-सात कोस तक एक पंछी भी जीता नहीं छोड़ा। कीड़े-मकोड़े भी चटनी बनाकर चट कर गया। अब भगवान के भेजे इस वर को कैसे बचाए?

उसने झूलना बन्द किया और झूले से उतरकर अजाने आदमी की ओर बढ़ी। मानो पूनम का चाँद पैरों चल रहा हो। पास आकर पूछा, "जानबूझ कर मरने क्यों आए हो? जीने से मन भर गया है क्या?"

चौधरी ने सोचा कि बातों में पीछे क्यों रहे? शुरुआत में ही दब गया तो दबता

ही चला जाएगा। बेधड़क जवाब दिया, "क्या मालूम मरने आया हूँ या मारने! कौन किसे मारेगा यह तो बखत ही बताएगा।"

सुनकर दैत्य की बेटी को भरोसा हो गया कि वर है तो करामाती। फिर बाप को खुश करने की तरकीब सोचने लगी। अभी दैत्यराज के आने में दो घड़ी की देर थी। एक बड़ी चट्टान पर सवा मन आटा गूँधा फिर पैर धोकर गारे की तरह रौंदने लगी। चौधरी ने पूछा, "इतना आटा किसके लिए गूँध रही हो?"

दैत्य की बेटी ने कहा, "अपने बाप के लिए। उसे खुश किए बिना हुंडी नहीं सकरेगी।"

फिर उसने उस आटे का एक जंगी रोट बनाया। कुम्हार के न्याव की तरह उपले चुनकर रोट को सेंका। सवा मन खांड और सवा मन घी मिलाकर बढ़िया चूरमा बनाया।

कि तभी खें-खें आँधी चलने लगी। आक और धतूरे धरती तक झुक-झुककर मुजरा करने लगे। पाँच-पाँच सेर के पत्थर दनादन उड़ने लगे। दैत्य की बेटी ने थर-थर काँपते हुए कहा कि उसका बाप आ रहा है। वह हरगिज उसे खाए बिना नहीं मानेगा। बरसों बाद आदमी को खाने का मौका मिला है। उसने चौधरी को मधुमक्खी बनाकर हिंडोले की रस्सी पर चिपका दिया।

पाँच भालुओं जितना बड़ा कालास्याह दैत्य लुढ़कता हुआ आया। काले मटके जैसा गूबला सर। सर पर हाथ भर लम्बे शूलों सरीखे बाल। कछुए जैसी नाक। गधे की तरह लम्बे लटकते कान। सुलगते हुए उपले-सी आँखें। बालिश्त भर लम्बे काले दाँत। काले ही मसूड़े। निचला होठ ठोढ़ी तक लटकता हुआ। बालों से ढके टखने तक लम्बे हाथ। घुटने काली हाँडी जितने बड़े और टखने काली कुल्हड़ी जितने। नख भाले जैसे तीखे। मौत को भी डर लगे ऐसा विडरूप दैत्य!

आते ही फुफकारते हुए हाथी की तरह चिंघाड़ा, "आदमी की बू आ रही है, आदमी की बू आ रही है।"

उसकी बेटी ने तुनककर कहा, "क्यों बेकार बहाना बनाते हो! तुम्हें मेरे शरीर की बू आ रही है। एक दिन खा जाओ तो पिंड छूटे!"

जैसे खौलते दूध पर पानी पड़ा। धीमी आवाज में बोला, "कभी सपने में भी तुझे खाने का खयाल आए तो मेरे जीने में धिक्कार है! तू मुझे अपनी जान से भी ज्यादा प्यारी है। तू भले ही मत मान, पर मुझे यहाँ किसी अनजान आदमी की बास आ रही है।"

दैत्य की बेटी ने कहा, "ऐसा कौन सिरफिरा होगा। जो खुद मौत के मुँह में आएगा! मेरे मरने के बाद तुम्हें बास नहीं आएगी। भूख लगी हो तो चूरमा खाओ!"

यह कहकर उसने चूरमे के ढेर पर से कपड़ा हटाया। दैत्य के मुँह से लार के फव्वारे छूटने लगे। टूटकर चूरमे पर पड़ा सो दोनों हाथों से बगर-बगर खाने लगा।

खाते हुए बार-बार गलल-गलल कहता जाता था कि आज इतना बढ़िया चूरमा कैसे बनाया? रोज ऐसा चूरमा खाने को मिले तो आदमी के मांस की इच्छा ही न हो।

देखते-देखते वह सारा चूरमा चट कर गया। पीछे एक भौरा भी नहीं छोड़ा। तीन घड़े पानी पीकर लगातार सात-आठेक डकारें लीं। जैसे साँड होकड़ रहा हो।

फिर थुहर के ढेर पर लम्बा हो गया। आँख लगने को ही थी कि उसके कानों में सिसकने की आवाज पड़ी। आँखें खोलीं तो क्या देखता है कि उसकी बेटी पास बैठी रो रही है!

हड़बड़ाकर उठा। पूछा, "क्या हुआ, क्या हुआ? तू रो क्यों रही है?"

बेटी ने सुबकते हुए जवाब दिया, "तुम्हारे जैसा बाप मिला, रोऊँ नहीं तो क्या करूँ! बार-बार कहते शरम आती है कि मेरा यौवन धरती-आसमान में भी नहीं समाता। तुम कोई वर ढूँढ़ते नहीं। उम्र कैसे कटेगी?"

दैत्य ने कहा, "तुझे दुख क्या है सो बता? ब्याह करने पर तो तू मुझे छोड़कर चली जाएगी। मुझसे अकेला नहीं रहा जाता। तेरा ब्याह तो हरगिज नहीं करूँगा। फिर मेरा क्या होगा? तेरे बिना एक पल भी मेरा जी नहीं लगता। आदमी को देखते ही मुझसे खाए बिना नहीं रहा जाता, फिर चाहे वह दामाद ही क्यों न हो। तू ब्याह की तो बात ही मत कर।"

तब बेटी दूसरा उपाय सोचकर कहने लगी, "तुम ज्यादातर जंगल में डोलते रहते हो। भगवान न करे, पर अगर किसी जंगली जानवर या किसी दुष्ट आदमी ने तुम्हें मार डाला तो इस पाताल में मेरी कैसी दुर्गति होगी! मैं अबला नार अकेली रो-रोकर मर जाऊँगी।"

बेटी के मुँह से यह नादानी की बात सुनकर दैत्य ठठाकर हँसा। बोला, "मेरी मौत की तो तू चिन्ता ही मत कर। मुझे कोई नहीं मार सकता।"

पर बेटी को तसल्ली नहीं हुई। बोली, "जो जनमता है वह मरता है। हर जीव की मौत निश्चित है। मैं यह मिथ्या बात कैसे मान लूँ!"

बाप ने सोचा कि बेटी से क्या छुपाना! उसे अपनी मौत का भेद बता दिया। अभिमान से कहने लगा, "हमारी हवेली में तीन कोठरियाँ हैं। एक कोठरी में हीरे-पन्ने, दूसरी में माणक-मोती और तीसरी में पानी का हौज। हौज के चारों ओर दूब। पानी के भीतर एक गधा। गधे के अन्दर एक तोता। और उस तोते में मेरे प्राण। तोते को मारने से मुझे मरना होगा। पर तोते तक पहुँचना तो दूर, कोई उसके बारे में सोच भी नहीं सकता। तू क्यों बेकार अपना जी जलाती है! मुझे तो भगवान भी नहीं मार सकता।"

बेटी ने आँसू पोंछते हुए कहा, "अब मुझे तसल्ली हो गई। तुम पहले ही यह बता देते तो मैं इतना क्यों कलपती!"

दैत्य दिन को सोता था और साँझ होते ही भक्षण के लिए जंगल में निकल

जाता था। आज बेटी को अपनी मौत का राज बताकर वह दो घड़ी रात गए तक सोता रहा। उसके बाहर निकलते ही उसकी बेटी ने मधुमक्खी को वापस आदमी बना दिया। फिर दोनों सर जोड़कर बैठे। आगे की बातों पर विचार किया। सबसे पहले दोनों कोठरियों के हीरे-पन्ने और माणक-मोती कब्जे में किए। फिर हौज वाली कोठरी के वज्र किवाड़ खोले। किवाड़ खुलते ही जंगल में डोलते दैत्य का माथा ठनका। पर फिर भी उसने परवाह नहीं की।

चौधरी ने हौज में डुबकी लगाई और कान पकड़कर गधे को बाहर लाया। और उधर दैत्यराज का दम घुटने लगा। कलेजा फड़फड़ाने लगा। आँखों के आगे अँधेरा-सा छा गया। वह अदेर बवंडर की गति से बावड़ी की ओर दौड़ा।

आँधी की खें-खें सुनकर बेटी पीपल के पत्ते की तरह काँपने लगी। बोली, "दैत्यराज को अपनी मौत का भान हो गया है। वह उड़ा चला आ रहा है। देख क्या रहे हो, गधे का पेट चीरकर तोता निकालो!"

तलवार के एक ही झटके में गधा दोफाड़ हो गया। तोता पंख फड़फड़ाकर उड़ा। चौधरी ने लपककर उसे मुट्ठी में पकड़ लिया।

दैत्यराज का शरीर जैसे शिकंजे में जकड़ गया। तोप के गोले की गति से दौड़ा। बड़बड़ाया, "बेटी ने विश्वासघात किया! बाप बेटी पर भरोसा नहीं करे तो किस पर करे!"

कि सहसा दैत्यराज का एक हाथ टूटकर गिर गया। वह चीखा। चीखता-चिल्लाता हवेली के सामने आया। चौधरी ने तोते का दूसरा पंख तोड़कर फेंका तो दैत्य का दूसरा हाथ गिर गया।

दैत्य दाँत पीसते हुए बोला, "बेटी, मुझसे किस जनम का बदला लिया? तुम दोनों को जिन्दा नहीं छोडूँगा।"

कि दैत्य जोर से चीखा। उसका एक पैर टूटकर गिर गया। तब भी एक पैर से कूदता हुआ उनकी ओर बढ़ा। शरीर से खून के परनाले बहने लगे। चीखता, हाँफता, हाय-त्राय करता वह पास आया कि उसका दूसरा पैर कट गया। गुस्से के जोर से गटागट लुढ़कता हुआ आगे बढ़ने लगा।

बेटी ने कहा, "यों तमाशा क्या देख रहे हो! दोनों को साबुत निगल जाएगा। गरदन मरोड़ो, गरदन!"

चौधरी ने जोर से तोते की गरदन मरोड़ी और तोड़कर दूर फेंक दी। मरोड़ते ही दैत्य ने आर्त्तनाद किया। मानो बिजली कड़की। और अगले ही क्षण उसकी गरदन दूर जा पड़ी। वह धड़ाम-से जमीन पर गिर पड़ा। धड़ से खून का नाला बहने लगा।

जिसे सपने में भी अपनी मौत का गुमान न था वह सचमुच मर गया।

चौधरी हीरे-पन्ने, माणक-मोती और दैत्य की जाँघ की हड्डी लेकर वहाँ से रवाना हुआ। दैत्य की बेटी भी उसके साथ थी। बाप के शरीर से परनालों खून बहते देखकर

भी उसकी आँखों में आँसू नहीं आए। यह उसका नहीं, उसकी उम्र का कसूर था।

चौधरी सीधा अपनी हवेली गया। दैत्य की बेटी और हीरे-मोती सँभलवाकर दैत्य की जाँघ की हड्डी लिए हुए राजा के सामने हाजिर हुआ। राजा ने खरादी को बुलवाकर चूड़ियाँ बनाने का आदेश दिया। राजा के आदेश के बाद ढील कैसी! साँझ तक चूड़ियाँ बनकर तैयार हो गईं। बगुले के पंख की नाईं सफेदझक। तिस पर धूप की कौंध!

चूड़ियों की रंगत देखकर रानी का मन दिप-दिप करने लगा। बड़े उछाह से सोलह सिंगार किया। दर्पण के सामने खड़ी हुई तो देर तक अपनी छवि को अभिमान से निरखती रही। एड़ी से चोटी तक हीरे-मोती के गहने। हाथों में बेजोड़ कंगन। साथ में दैत्य की हड्डी की चूड़ियाँ। अब तोता क्या कमी निकालेगा!

सोने के पिंजरे के पास जाकर गुमान से पूछा, "मेरे हरियल तोते, सच बता, चूड़ियों के साथ ये कंगन कैसेक शोभा देते हैं?"

तोते ने सर हिलाया और मुँह बिचकाकर बोला, "नहीं, अभी कहाँ! मौत के डर से झूठ बोलूँ तो बात दूसरी है। सचमुच शोभा देते तो मुझे मजबूरन मानना पड़ता।"

रानी का मुँह उतर गया। तोते के सराहे बिना उसका मन नहीं मानता। पर यह बैरी कमी पर कमी निकालता है। राजा से रूठकर कितनीक रूठे! कहीं भड़क कर दुहाग दे दिया तो सारी अकड़ धरी रह जाएगी। बुझी आवाज में बोली, "इतने प्रपंच करने पर भी झूठ बोलेगा तो लानत है! बोलना है तो सच ही बोल। मैंने प्रण किया है कि तेरे मुँह से तारीफ सुनकर रहूँगी।"

तोते ने कहा, "आप ही ने मुझे सच बोलने का पाठ पढ़ाया है। आपके सिंगार में और कोई कमी नहीं, सब श्रेष्ठ है, पर साथ में शेषनाग की मणि की अँगूठी भी हो तो क्या कहने! सच कहूँ, उसके बिना अभी सिंगार अधूरा है।"

इतना सुनने के उपरान्त रानी के धीरज कहाँ! दनादन सब गहने फेंक दिए। घिसे-मुसे कपड़े पहने और औंधे पलंग पर लेट गई।

राजा ने सोचा, आज की रात तो चाँदनी में अमृत घुलेगा। पर मन की मन में ही रह गई। रानी उसी तरह बाल बिखेरे हुए औंधे पलंग पर सोई मिली। अब क्या कसर रह गई? पास बैठकर उसे मनाने लगा। पर रानी नहीं मानी। क्या करे और क्या न करे? यह चाँदनी तो दिल में आग लगा देगी। रानी के बालों पर हाथ फेरते हुए कहने लगा, "देवी, फिर क्या कमी रह गई? क्यों व्यर्थ मुझे दिक कर रही है? हुआ क्या, मुँह से तो बोल?"

तब कहीं रानी के होठ खुले, "शेषनाग की मणि की अँगूठी होने पर ही सिंगार पूरा होगा। मरते मर जाऊँगी, पर बिना मणि के अन्न का दाना भी मुँह में नहीं डालूँगी।"

रानी के रूप ने राजा पर ऐसा जादू किया हुआ था कि उसे न चाहते हुए भी उसकी बात माननी पड़ी। बुझी हुई आँखें लिये जब वह दरबार में पहुँचा तो सब समझ गए कि फिर रानी रूठ गई। राजा ने मणि लाने की बात कही तो सबके चेहरे स्याह हो गए। यह तो साक्षात मौत के मुँह में जाना है। किसी ने कुछ जवाब नहीं दिया। चतुर मन्त्री ने इशारा किया तो नाई प्रधानमन्त्री को बुला लाया।

यह प्रधानमन्त्री तो जब्बर! कहते ही मणि के लिए हाँ कर दी। मानो पास के बगीचे से चम्पा के फूल लाने हों। जो भी बीड़ा उठाया सफल हुआ। पर इस बार पता चलेगा! बिल्ली के भाग का छींका हर बार नहीं टूटता।

चौधरी तो फिर दरबार में रुका ही नहीं। सीधा हवेली आया। घरवाली से सलाह की। उसका जी कहता था कि अभी प्रधानमन्त्री जी के चढ़ती के दिन हैं। सपने में भी बाल बाँका नहीं हो सकता। खुद जुगत बताई। कहा, "पश्चिम दिशा में सतरह कोस पर एक विकट बावड़ी है। आधी रात के बाद शेषनाग भक्षण के लिए विचरण करता है। बारह कोस तक मणि का उजास रहता है। जैसा मैंने कहा वैसा ही करना। सब ठीक होगा। मणि हाथ लगने पर नागकन्या को भूलना मत।"

चौधरी भली-भाँति सगुन विचार कर मणि की तलाश में रवाना हुआ। मन में रत्ती भर भी डर नहीं। सब हिम्मत का खेल है। जो खेलेगा वह जीतेगा।

वह सीधा सेठ की बेटी के बताए ठिकाने पर गया। रात के दूसरे पहर बरगद पर चढ़कर बैठ गया। कब शेषनाग आएगा और कब मणि मिलेगी! उछाह से इन्तजार करने लगा।

शेषनाग तो बखतसर आधी रात को फुफकारता हुआ आया ही। उसकी फुफकार से झाड़-झंखाड़ हिलने लगे। बरगद चरड़-चूँ चरड़-चूँ करने लगा। चौधरी ने कसकर डाल पकड़ ली।

शेषनाग फन उठाए हुए झूमता-झामता बरगद की ओर आया। शिला पर मणि रखते ही उजाले का समन्दर हिलोरें लेने लगा। गोया छोटा-मोटा सूरज उगा हो। जीव-जानवर मणि की कौंध से जड़ हो गए। शेषनाग जिसे चाहता गटाक-गटाक निकल जाता।

शेषनाग बलखाता हुआ काफी दूर निकल गया तो चौधरी ने डाल से बँधी कड़ाही खोली। ऐन मणि की सीध में लाकर कड़ाही औंधी पटक दी। कड़ाही पड़ते ही उजाला बुझ गया। शेषनाग की फरड़ाहट सुन पड़ी। सूँ-सूँ हवा के रेशे चीरता बरगद की ओर उड़ता हुआ आया।

मणि तो कड़ाही से ढकी हुई! वह गुस्से से पागल हो गया। कड़ाही पर सटाक-सटाक फन पटकने लगा। कड़ाही के बाहर की ओर भाले की नाईं तीखीतच्च छड़ें लगी हुई थीं। वार करने पर ज्यों-ज्यों फन बिंधते त्यों-त्यों शेषनाग को ज्यादा गुस्सा आता। दूनी ताकत से फन पटकता। फनों की चिन्दी-चिन्दी हो गई। आखिर

निष्प्राण होकर कड़ाही के पास पड़ गया।

शेषनाग को मरा जानकर चौधरी बरगद की लटकती हुई जड़ों के सहारे नीचे उतरा। कड़ाही को हटाकर मणि कब्जे में की। फिर तेजी से बावड़ी की सीढ़ियाँ उरतने लगा।

मणि छुआते ही बावड़ी का पानी दोफाड़ हो गया। चौधरी बेखौफ अन्दर घुसा। जैसे अपने घर में जा रहा हो। काफी देर चलने पर एक सुरंगा बगीचा आया। भाँति-भाँति के अनगिनत फूल और भाँति-भाँति की सौरभ।

नागकन्या चम्पा की डाल से बँधे खाट-हिंडोले पर झूल रही थी। कहीं आसमान का चाँद टूटकर हिंडोले में तो नहीं अटक गया!

रूपवान नौजवान पर नजर पड़ते ही नागकन्या मुस्कराई। मानो जनम-जनम की पहचान हो। इतने बरस बाद आज उसका सपना सच हुआ। मणि के बिना पानी से पार पाना असम्भव है और शेषनाग को मारे बिना मणि हाथ लगना असम्भव है। तो बाप की मौत और बेटी के वर का संजोग साथ ही लिखा था! होनी की माया अपरम्पार!

मणि और नागकन्या को लेकर वह अदेर वापस लौट पड़ा। सेठ की बेटी उसके इन्तजार में पलकें बिछाए बैठी थी। नागकन्या को उसके हवाले करके वह सीधा राजदरबार गया। दरबार खचाखच भरा था। प्रधानमन्त्री को देखकर राजा इतना खुश हुआ कि सिंहासन पर उछलने लगा। दरबारी जल-भुन कर रह गए। वे तो उसकी मौत के समाचार का इन्तजार कर रहे थे।

राजा ने दूर से ही पूछा, ''मणि लाए?''

''मणि नहीं लाता तो आपको मुँह कैसे दिखाता!''

राजा ने सिंहासन से उठकर उसकी अगवानी की। पीठ ठोंकते हुए कहा, ''मरद हो तो ऐसा! मेरी परख कभी गलत नहीं हो सकती।''

मणि को हथेली पर रखकर देखा तो उजाला बढ़ गया। सूरज का उजास मणि के उजास के आगे फीका लगता था। मणि मानो सूरज के पुरखों का ही अंश! कहीं इस मणि की कोख से ही तो सूरज का जनम नहीं हुआ?

मणि के उजाले से राजा की आँखें चुँधिया गईं। वहीं खड़े-खड़े चिल्लाया, ''कहाँ है? सुनार कहाँ है?''

एक मन्त्री अदेर सुनार को लिवा लाया। राजा थूक उछालते हुए बोला, ''अगर इस मणि के लायक अँगूठी नहीं बनी तो सर पर सौ जूते पड़ेंगे।''

इधर सुनार मणि लेकर रवाना हुआ और उधर राजा बगलें बजाता हुआ रंगमहल की ओर चला। रूठी रानी को मनाया। राजा के कहे पर भरोसा करके उसने भोजन ग्रहण किया। बनाव-सिंगार किया। साँझ को अँगुली में अँगूठी पहनी तो उसका मुखड़ा दिप-दिप करने लगा। मणि का उजास कमरे में समा नहीं रहा था।

बिना पूछे ही तोते ने सात बार थूका और बोला, "मुँह उधर कर लो, कहीं मेरी नजर न लग जाए। अब सिंगार पूरा हुआ। मणि तो मणि ही है! सूरज भगवान भी इसका उजाला देखने के लिए तरसते होंगे। कंगन और चूड़ियाँ चमाचम कर रही हैं। पहले तो आपको मेरा कहा बुरा लगा होगा पर अब फरमाइए?"

रानी के अंग-अंग से खुशी छलकने लगी। पिंजरा खोलकर तोते को छाती से लगाया। घड़ी-घड़ी उसकी चोंच को चूमा।

राजा रंगमहल में आया तो कई दिनों के बाद उसकी साध पूरी हुई। अमावस की रात में भी सब कहीं चाँदनी छा गई। नए प्रधानमन्त्री के बिना यह अमृत और यह चाँदनी कैसे नसीब होती!

राजा के एक राजकुँअरी के अलावा और कोई सन्तान नहीं थी। वह भी कुँआरी। सहसा राजा के मन में एक विचार कौंधा। उसने रानी से पूछा कि राजकुँअरी और प्रधानमन्त्री का ब्याह कर दें तो कैसा रहे? रानी हाँ कर दे तो दहेज में सारा राज दे देगा।

रानी ने कहा कि हथेली पर सूरज लेकर ढूँढ़ें तब भी ऐसा वर नहीं मिलेगा। राजा ने उसके मन की बात चुरा ली।

राजा-रानी के जँचने के बाद किससे पूछना! फकत मुहूर्त के लिए जोशी से तो पूछना ही पड़ा।

दैत्य की बेटी, नागकन्या और राजकुँअरी के साथ चौधरी का धूमधाम से ब्याह हुआ। ब्याह के तिलक के साथ-साथ राजतिलक भी हो गया। उसे राज सौंपकर राजा इतना खुश हुआ मानो उसे चक्रवर्ती राज मिल गया हो।

मण्डप में फेरे लेते हुए चौधरी को उस दिन की बात याद आई। बाबा का गुस्सा और उनकी मार याद आई। जितनी जल्दी हो वह कालिये खेत के बीच हाथी के हौदे पर अपनी प्रतिज्ञा पूरी करेगा। कौन जानता था कि अगले ही गोगे पर यह लीला होगी!

राजतिलक के सातवें दिन वह अपने गाँव के लिए रवाना हुआ। पच्चीस घुड़सवार। पाँच रथ। चार पत्नियों के बीच हाथी के हौदे पर वह खुद। सोने के नौ थाल। हर थाल के साथ सोने की बत्तीस कटोरियाँ। पड़ाव-पड़ाव पर राजा के दरसनों के लिए लोगों का समन्दर। इस तरह चँवरों की बयार के बीच प्रजा को दरसन देते-देते वह अपने गाँव पहुँचा। कालिये खेत में डेरा डाला। चौधरी बाबा को खबर लगी तो वह नंगे पाँव दौड़ा आया। पगड़ी के आंटे गले में पड़े हुए। पीछे-पीछे दो बेटे और चौधराइन। राम जाने महाराज क्या कोप करेंगे? ऐन गोगे के दिन यह कैसी आफत आई?

डरते-काँपते सब घरवाले कालिये खेत पर पहुँचे। राजा का हाथी खेत के बीचोंबीच खड़ा था। राजा चार रानियों के बीच ठाट से विराजमान था। पास जाकर

सबने जमीन तक झुककर प्रणाम किया। फिर थर-थर धूजते हुए हाथ जोड़कर खड़े हो गए।

मुँह में तिनका लेकर बाबा ने पूछा, "अन्नदाता, हमसे क्या कसूर हुआ जो आपने इतना कोप किया?"

छोटा बेटा खुराफाती और मजाकिया तो था ही। डपटकर कहा, "बूढ़े, तू लोगों से कहता फिरता है कि तूने राजा को इस खेत में छड़ी से पीटा?"

बाबा और अधिक काँपने लगा, "नहीं, अन्नदाता, मेरी अकल घास चरने थोड़े ही गई है जो ऐसे कुबोल कहूँगा! दुश्मन बिलकुल बेपर की उड़ा रहे हैं माईबाप!"

राजा दाँत पीसते हुए बोला, "दुश्मन फिर कौन! तेरा छोटा बेटा ही ठौर-ठौर यह कहता घूम रहा है।"

अबके चौधराइन ने कहा, "अन्नदाता, वह नालायक तो हमारे लिए दुश्मनों से भी बढ़कर है। उस कपूत की बाबा ने छड़ियों से मरम्मत की, इसीलिए वह अंटसंट बकता फिर रहा है। हुजूर, उस झूठों के सरदार का क्या पतियारा! कभी मिल गया तो गला घोंट देंगे।"

राजा ने पूछा कि बाबा ने उसे क्यों मारा? बाबा ने कहा, "गरीबनवाज, उसके लच्छन ही ऐसे थे। मार-मार कर भुरकस निकाल दें तब भी कम है।"

फिर उस दिन की सारी घटना ब्यौरेवार बताई। उसके बाद कहा, "अब आप ही फरमाएँ अन्नदाता, ऐसी बेहूदी बात पर मारता नहीं तो क्या करता! नालायक आपसे होड़ करने चला था!"

तब राजा ने मुस्कराकर कहा, "वह नालायक फकत राजा से होड़ करने ही नहीं चला था, खुद राजा बनकर बाबा के दरसन करने आया है।"

यह कहकर वह हौदे से नीचे कूदा। बाबा और माँ के चरण छुए। भाइयों के गले मिला। अब पहचान में क्या कमी! फिर भी घरवालों को भरोसा नहीं हुआ कि वे जाग रहे हैं या सपना देख रहे हैं!

पर सोने के थाल में बत्तीस पकवान खाने के बाद माँ-बाप को भरोसा हो गया कि उनका खुराफाती बेटा ही राजा है।

जिस तरह उस चौधरी के यहाँ गोगे का त्योहार मनाया गया उसी तरह यह कहानी पढ़नेवाले भी गोगे का त्योहार मनाएँ। वे ठाट-बाट से सोने के थाल में घरवालों के साथ बत्तीस पकवान खाएँ और बरसों तक आनन्द की बंसी बजाएँ!

●●●